私の般若心経

樫村利道

歴史春秋社

私の般若心経

この書を妻和子に捧げる

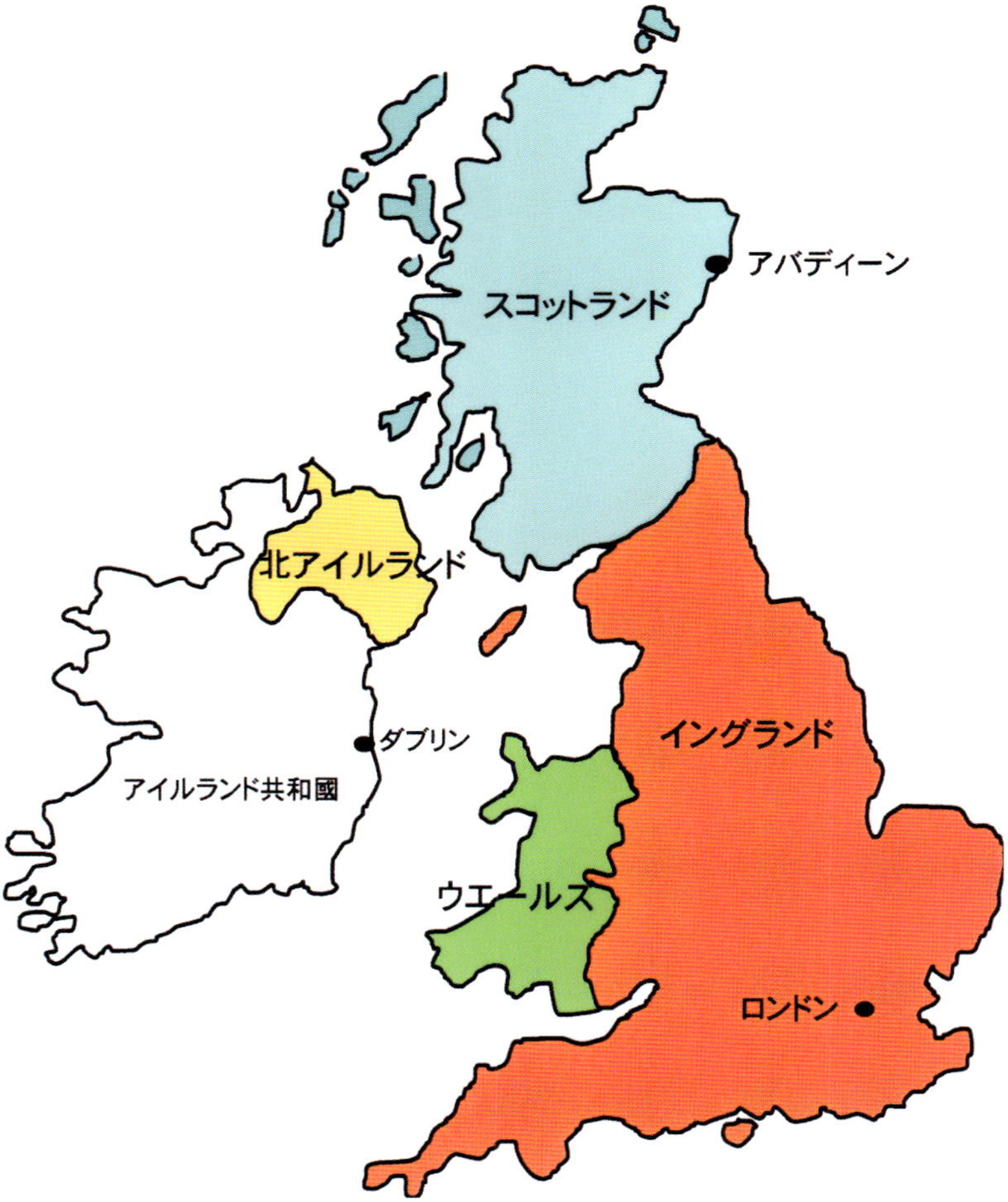

連合王国図　ブリテン諸島の最も大きい島を大ブリテン島という。この島の北部はスコットランド王国が、南部はイングランド王国とウエールズ王国が立地している。これら三国の連合体を大ブリテンという。これに北アイルランド王国が加わったのが、グレートブリテンおよび北アイルランド連合王国（The United Kingdom of Great Britain and Northern Ireland）で、日本で英国と呼んでいる国である。正式にも連合王国（United Kingdom）と略称し、標記でUKとしている。

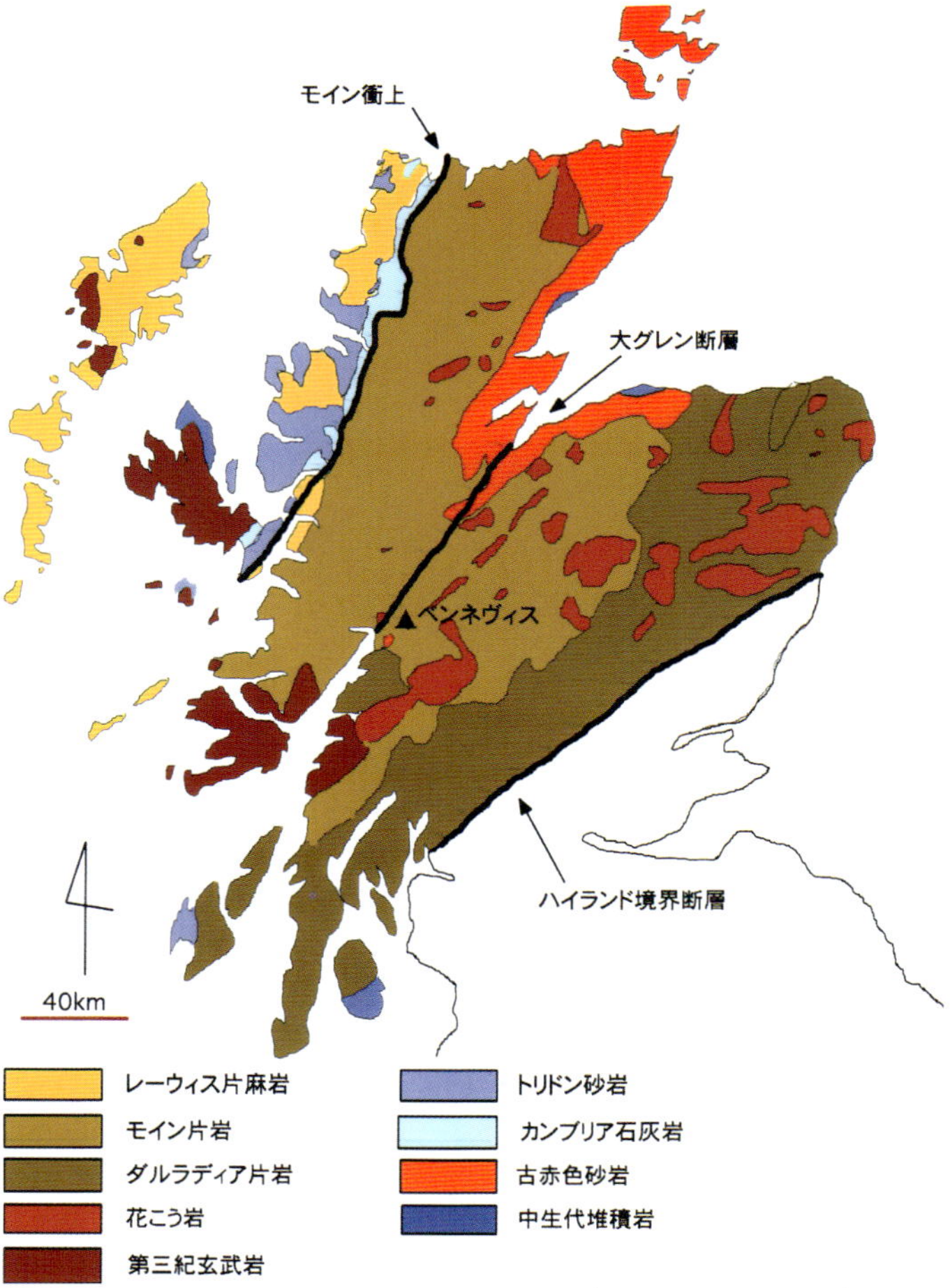

（R.Price 1976 より書換え）

ハイランド地質図　各地層岩石の年齢（×百万年）

レーウィス片麻岩	2600-1600
トリドン砂岩	800-500
モイン片岩・ダルラディア片岩	500-400
古赤色砂岩	400-300
花こう岩	400-300
中生代堆積岩	200-100
第三紀玄武岩	70-50

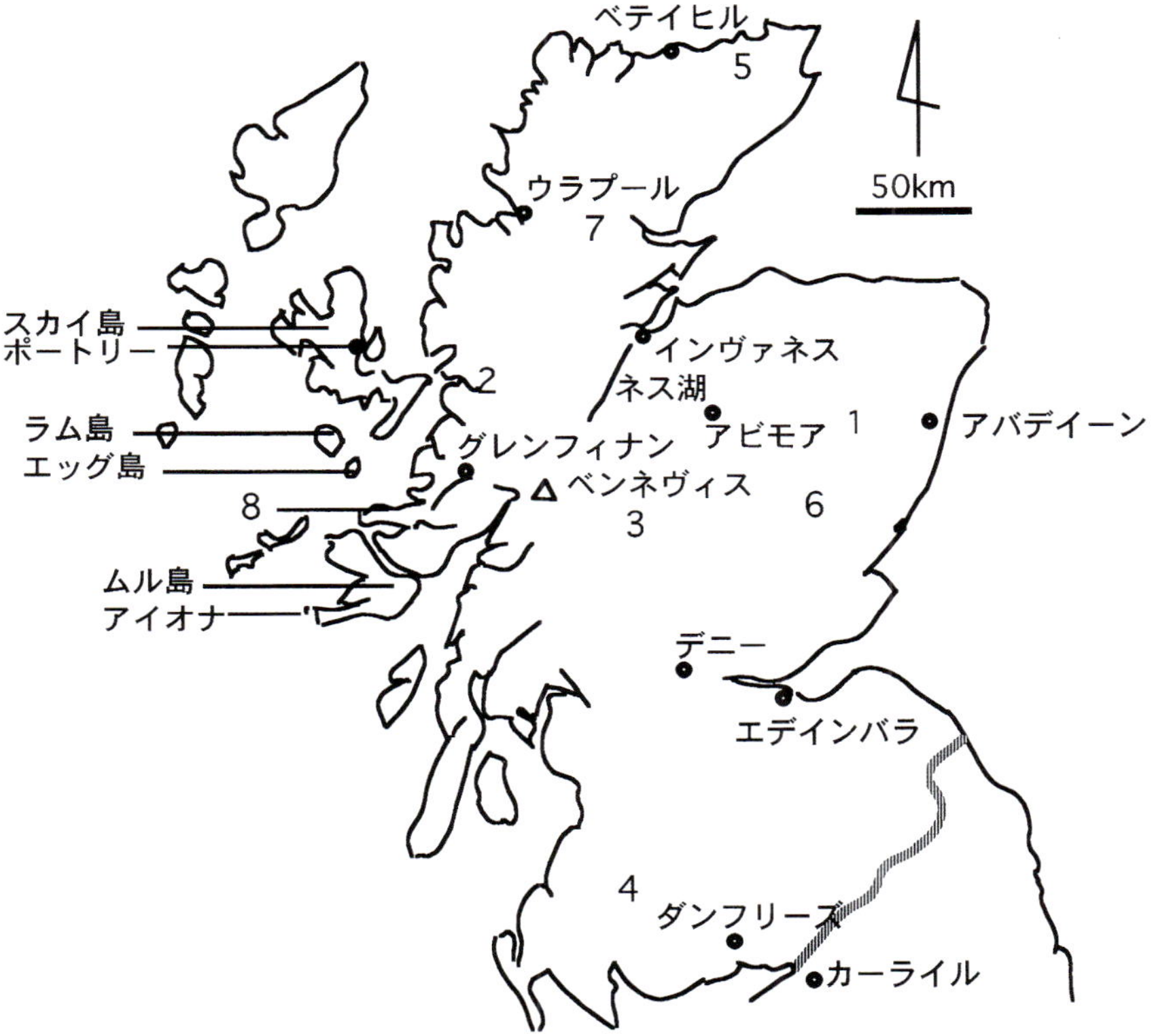

スコットランド図　　1：ディネット自然保護区、2：アイリーンドナン城、3：ランノッホ湿原、4：シルバーフロー湿原、5：ストラシー湿原、6：ダンモス湿原、7：トリゴリー、8：スメルサリー廃村

ディネット自然保護区
スコットランドは西側は雨が多くブランケット湿原が発達しているが、東側は雨が少なくヒースランドが多い。ディネット自然保護区の春はベルヘザーの花盛り。

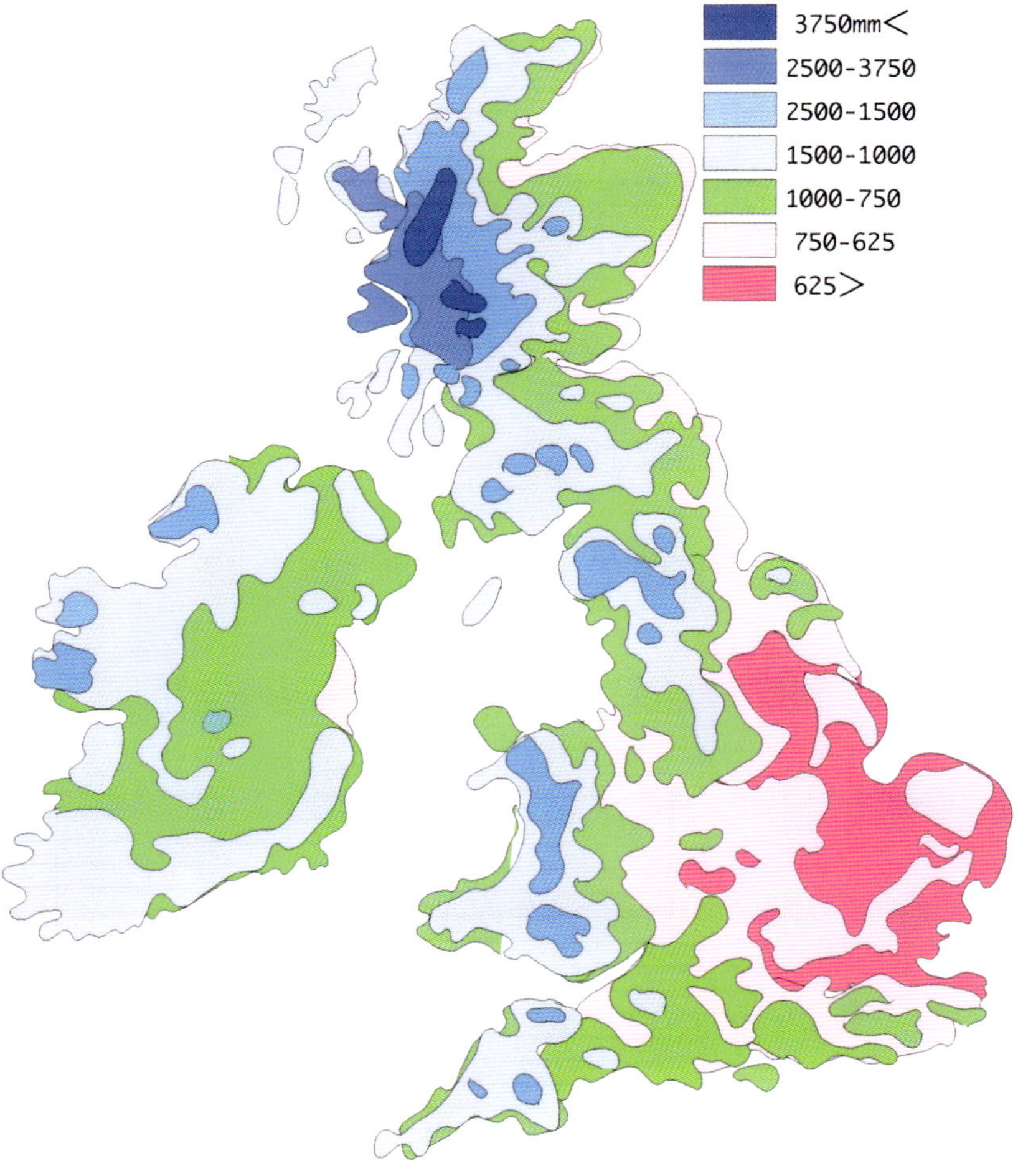

（A.Tansley　1949より書換え）

ブリテン島の降水量　　西は大西洋のメキシコ湾流に面しているため多湿、東に行くほど乾燥してくる。西側は多湿の気候を反映して山も谷も一面の泥炭層で覆われるブランケット湿原が広がる。東側はヘザーが優占するヒースランドが対照的である。ちなみに福島地方観測所の降水量は1500-1000㎜のランクに入る。

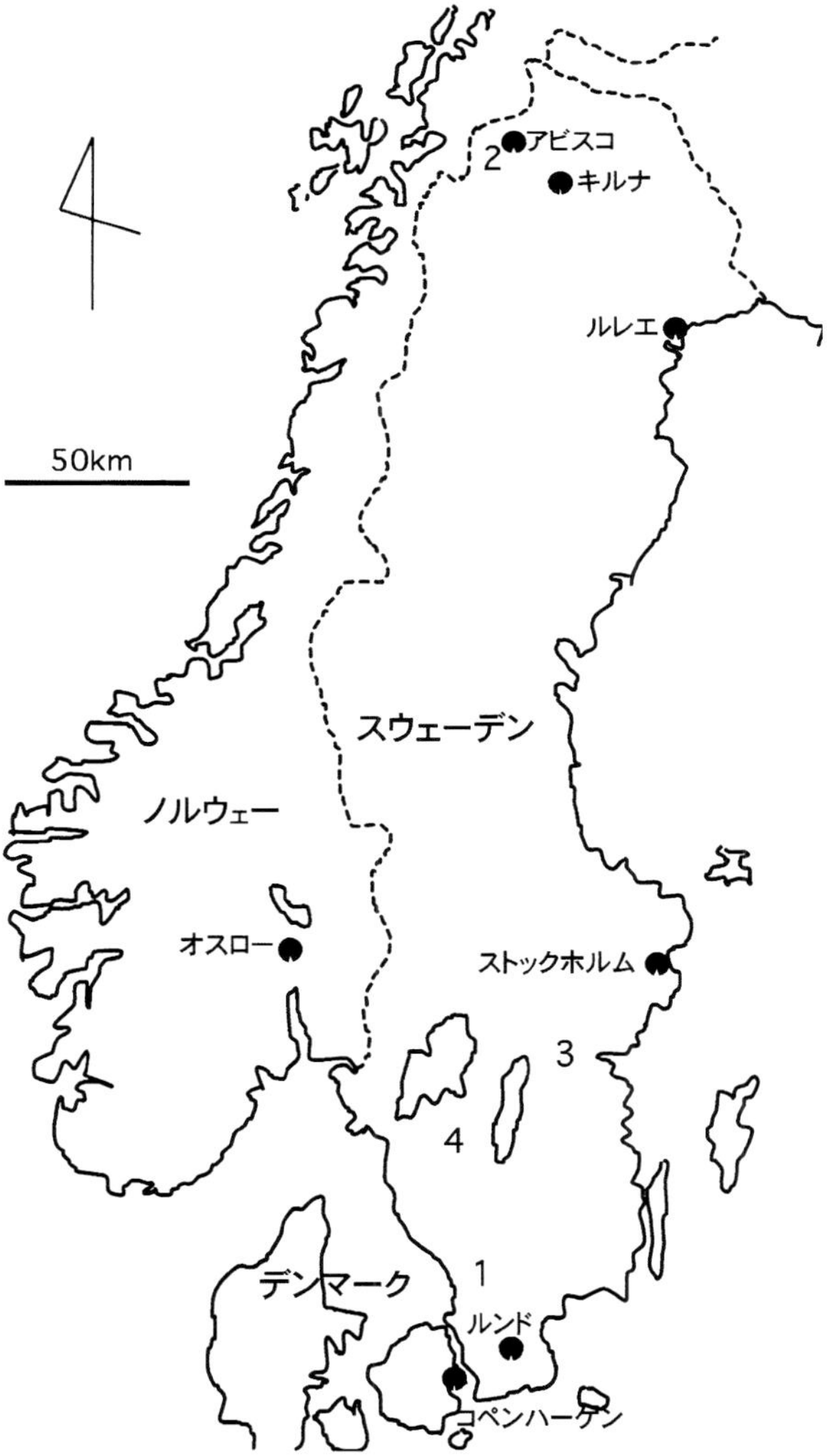

スウェーデン図　　１：トラネレッズ湿原、２：ニューラ山、３：フジェール湿原、
４：コモッセ湿原

アイルランド図　　1：グレンダロー湿原、2：カルバリー湿原、3：モウゲン湿原、4：ポラードストーン湿原、5：オーエンダフ湿原

ポラードストーン湿原

まえがき

昨年末に前立腺に比較的活発なガンが見つかり、内分泌療法を受けている。余命はあと十年くらいらしい。身辺整理をしていたら、小学生の頃の作文や中学時代を振り返った雑文などが出てきた。少し修正すれば結構な自分史になるかもしれないと思った。そんなもの誰が読むのと妻に言われたが、一個の生物の義務としてＤＮＡを次代に引き継ぐと共に、ヒトならば、魂の記録も引き継ぐべきかと思った。柴五郎大将の遺書なるものが、『ある明治人の記録』（中公新書）として刊行されている。それになぞらえれば、本書も私の遺書である。ＤＮＡと違い、魂の記録は必ずしも長く保持活用されなければならないというものではない。すぐにゴミ車のご厄介になることもあろうが、それでいいと思っている。

私が生まれたとき、日本は十五年戦争に突入していた。一人前に不平不満をいうようになった頃、終戦となり、すべての価値概念がひっくりかえった。グローバルの声に押されてヨーロッパまで行ってみた。原発による地域振興の動きを危ういとみていたが、皮肉にもそれが当たってこの世の終わりを見たような気がした。世界に誇れる復興の道をというが、なぜか芯が欠けているようでもどかしい。

本書は、まずは私が過ごしてきた生活の経緯とその感想を通して、私が何者なのかをご紹介し、その何者かが突き当たった般若心経をどう解釈したか、縷々ご説明しようとするものである。無手勝流の論議であるが、お汲み取りいただけるところがあればありがたいと思っている。

目次

まえがき　9

狂気の季節　13

海洋少年団結成式　15
ある中学生の記録　16
国家総動員体制　16　歌の練習　17　援農作業　19
軍部学校へ　21　開墾作業　23　艦砲射撃と空襲　26
六十年後の機窓から　33
狂気の季節　35

崩れゆくもの　39

ある思い出　41
鬼　火　43
崩れゆくもの　46

世界の自然と人、見て歩き —— 51

スコットランドの自然 53

自然の生い立ち 53

人々のくらしと気風 55

アバディーンからの旅 62

スカイ島 62

ランノッホ湿原 63

西南スコットランド 64

ラム島 66

ベディヒル 68

ダンモス湿原 71

エドさん訪問 72

スウェーデン訪問 74

アイルランド訪問 80

廃村の別荘 84

ドナルドの故郷 87

さらばアバディーン 89

ウエールズへ 89

ロンドンへ 91

スイスへ 93

長沢鼎のこと 95

オーストラリア紀行 99

ウルルとカタジュタ 100

グレートバリアリーフ 107

キュランダの森 114

人と自然 122

私の般若心経 127

私と般若心経 129
般若波羅密多心経 131
「無」の意味するところ 132
「心」の意味するところ 133
無知と無得 137
般若心経の教え 139
あとがき 142
引用文献 151

狂気の季節

太平洋戦争末期、老いも若きも、男も女も、急進派も穏健派も、
日頃の信条はかなぐり捨てて断末魔の祖国を救うため、
己を捨ててまい進した。

海洋少年団結成式

昭和十七年十一月十七日
日立市中小路国民学校五年一組

樫村　利道

日立市中小路国民学校(一)では、一昨日、十一月十五日に初めて海洋少年団が生まれました。その十一月十五日の結成式には、本部から日暮海軍少将閣下(二)がおいでになりました。また、東京海洋少年団から団長の石井海軍中佐殿がおいでになりました。結成式の始まる前に、日暮閣下からお話をお聞きしました。ソロモン群島は日・米英両軍の間の橋(三)のようなもので、どちらかその橋を取った方が勝ちだと言いました。そこでの戦の勝敗で、この戦争の勝敗が決まると言っておられました。

註一　昭和十六年四月一日から、それまでの小学校令を改定して国民学校令とし、皇道に則して国民の基礎的鍛錬を行うことを目的と定めた。昭和二十二年三月三十一日、学校教育法の施行をもって廃止される。
註二　日暮豊年、昭和十二年に海軍少将で待命、大日本海洋少年団連盟常務理事。
註三　ソロモン群島南部のガダルカナル島は日本軍にとってはオーストラリア封鎖の橋頭堡となるところで、

「橋」と表現したものであろう。ここで日本軍は敗退すると共に兵力の基幹も失い、太平洋戦争の成り行きも決した。

ある中学生の記録

国家総動員体制

夜空に輝く星もその輝きを失ってゆき、さわやかな暁光が万物に朝の到来を告げる。昭和十九年四月、太平洋戦争の戦雲いよいよ急なりとはいっても内地はまだ静かだった。白堊の校舎が朝日に黄金色に輝く頃、オレ達新入生は希望に胸をふくらませて、あの日立中学の校門をくぐったものである。

一九一四年（大正三年）から一九一八年にかけて戦われた第一次世界大戦は、参加各国が国を挙げた総力戦となり、以降、各国とも国家総動員体制をとるところとなった。日本もその例にもれず、学校教育もその一環に組み込まれ、中学校には尉官クラスの現役将校が配属され、軍事教練は必修で、軍人養成の予備課程を担っていた。最上級の五年生のうちの成績優秀者が取締生徒として新入生の生活指導に当たったのも、小学校にはない、陸士・海兵をまねた独特の制度であった。

それから終戦までの一年半、この状況をとくに異常とも思わず、その中で、見果てぬ少年の夢を精一杯に広げてきた。人生秋霜を迎える今、もはやその夢も霧のかなたにかすんで生気なく、ただ時折湧き出す感傷の泉の底に、柔らかな追憶としてよみがえってくるのである。

歌の練習

日立中学に学ぶことになるまで、オレは工都日立市の煤煙の下で育った。しかし、入学が決まってすぐ、一家は、父親の勤めの関係で北隣の高萩町へ引っ越した。そのため、片道三十分ほどではあったが、常磐線高萩駅から日立駅までの汽車通学を余儀なくされた。新しく移り住んだ借家は、かつての炭鉱王の豪邸で、遮るものもないその二階から、日立鉱山の大煙突が山の端の向こうに細い棒杭のように見えていた。幼い日の情景に、いつも見下ろすようにそびえていたあの大煙突だ。両親の愛情に包まれた箱庭のような世界も、今は遠く過ぎ去ってしまったことを悟り、詰まる胸に涙が溢れてくるのを覚えた。

しかし、その感傷も長くは続かなかった。高萩町には日立市にはない趣があった。明治後期にできた鉄道の駅舎を中心に新しく広がった街並みは清楚で、白い砂丘の上にあった。家々の間には姿形の好い磯馴れの松がまだたくさん残っていた。海側には深い松林が続き、その先に白砂の海岸を介して紺碧の太平洋が無限の広がりを見せていた。初めて見る砂丘植物が可憐な花を着けて潮風におののいている。高萩町に移り住んで本当によかった。オレは心の底からそう思うようになった。

入学して間もない一日、中学の新しい仲間は、五年生に導かれて海岸に突き出た岬の一つに登っていった。当時の五年生、最上級生は軍隊における上官みたいで怖かった。隣町の一年生は、町の象徴とも仰ぐ城址に連れていかれて、いきなり全員がブン殴られたという話も聞いている。胸まで届く草の茂みを分けて坂を登りきり、小さな平場に行き着いたところで太平洋の眺望が一気に開けた。すでに暮色を帯びた海面にはいく筋もの波がうねっていた。絶壁の松の幹につかまって下を見ると、白い波頭が無数の岩の頭を隠したり顕わしたりしていた。波は絶壁に当たって返すらしいが、返すところは足下よりはずっと奥で、樹につかまって身をせり出しても見えなかった。

「おーいおめえら、いつまでも眺めてねえで、さア練習だ」

上級生の声に慌てて彼らのたむろしているところに戻る。五年生の指示で車座をつくる。車座ができたところで、その一角を占めていた五年生たちがいきなり歌をガナり出した。みんながぽかんとしてみていると、五年生のキャップのOさんが、

「一緒に歌え！」

という。歌は陸軍士官学校の校歌を歌詞だけ日立中学にすり替えたもので、入学早々、校庭の桜の木の下で五年生たちに特訓されたものであり、皆覚えてはいた。小さな声で口ずさみ始めると、

「なんだなんだ、声が小せえゾ、もっと飯食ったようにやんねえか！」

みんなの声がいくらか大きくなる。それでもOさんは満足ではないらしい。一人立ち上がって大声をさらに張り上げ、体を左右に振り始めた。それが出来損ないの操り人形みたいで、皆どっと笑ってしまった。しかし五年生たちはOさんにならって皆立ち上がり真剣だった。ついにたまりかねて下級生の一人が恐る恐る聞いてみた。

「なんで歌なんか練習すんのけエ？」

「なにイ、おめえら知んねえのか。明日オレらの先輩の練習生たちが帰るんで、みんなで歌うたって送ってやんだ。でれでれすんねエ」

そういえば二、三日前に、休暇で帰ってきた七つボタンの素敵な制服の海軍飛行予科練習生の歓迎会が、母校の講堂で催されたのを思い出した。みんなも今日の練習の意味を知ると納得し、これから厳しい空の戦場に帰ってゆく先輩たちの武運を祈る気持になった。そしてまた、その大空こそ、心に誓ったオレたちの未来の舞台でもあったのだ。

一通りの練習を終え、薄暗くなった松林のなかの小路を家へと帰った。白いハマギクの花がほんのりと浮き出て、沖はすでに暗かった。なお興奮冷めやらず、みんな大声で歌をガナっていた。その声は暗い松林の奥へと吸い込まれていった。

翌日の通勤通学列車の一輛が、日立駅まで数人の練習生を囲んだ中学生たちに完全に占拠された。

援農作業

入学してまだ間もない頃、援農作業なるものをやらされた。農繁期の一週間、学校は授業がなく、生徒たちは、働き手が戦争に駆り出されて手薄になった農家に配属され、農作業を手伝うのである。駅にゆく代わりに町はずれの小川の橋のたもとに集まり、五年生に引率されて直接農家に行った。それから先の面倒は役場の職員がみた。日立市から来たばかりのオレには農作業など初めてだった。静かな山のなかの田んぼをこねまわしていると、オタマジャクシから変わったばかりの小さなカエルが跳び出してくる。捕まえて手のひらに載せると、逃げるでもなし、丸い目をクリクリさせてちょこんと座ってござる。農村の穏やかな雰囲気、湿りを帯びた田んぼの空気、草や土の匂い、すべてが私に新鮮な喜びを与えてくれた。

ある朝、私は寝坊して集合時間に少しばかり遅れてしまった。そうなると、この少年の胸にはいろいろの心配や気兼ねが渦巻いてくる。みんなもう出発してしまっただろう。私は一人で田んぼまで行かねばならない。どの田んぼかも分からない。弁当抱えてうろつく姿にみんなが嗤うだろう。やっと仲間に会えたとき、仲間たちは何というか。風邪をひいたことにして今日一日休んでしまうか。門の前でぐずぐずしている私に、母は気合をかける。

「早く行きなさい。走ってゆけば追いつけるよ」

「やだっ」

起こしてくれなかった母をなじる。

玄関先で母ともみあっていたとき、門の脇のくぐり戸を開けて、思いがけなく五年生のキャップのOさんが顔をのぞかせた。

「坊や、迎えにきたゾ、いっしょにいこう」

照れくさくなった。それにしても「坊や」はひどい。

Oさんの自転車の荷台に乗せられ、

「済みませんね、よろしくお願いします」

という母の声に送られて、すでに出発したみんなの後を追う。Oさんから浴びせられるであろう叱責のことばを待って小さくなっていた。しかし、彼は何も言わず、軽く口笛を吹きながら自転車をこいでいる。

間もなく、田んぼのなかの路を隊列をつくって行進しているみんなに追いついた。

「おお眠い、眠い」

と冷やかされる。しかし、こんな冷やかしも二年生の一部だけで、上級生たちは私のことなど眼中にないといった風情である。Oさんも自転車を押しながら先頭の五年生仲間と何か話していたが、私の話ではないらしく、誰も振り返りもしなかった。

「轟沈」という映画があった。およそ映画なるものは生徒たちは勝手に見に行くことは禁じられており、「轟沈」は学校で引率して見せた数少ない映画の一つだった。インド洋で通商破壊作戦に従事する潜水艦の話だった。その勇ましい主題歌を歌いながら、あらくりや代かき、そして田植えにいそしんだ。学校からは引率教員の派遣があったが、役場や農家との交渉は実質五年生たちが担当していた。役場の若い職員が気に食わないからブン殴ってやるなどと息巻く場面もあった。

軍部学校へ

入学して一年と経たないうちに、太平洋戦争の戦線は容赦なく迫ってくる。秋になると、超空の要塞ボーイングB29爆撃機が、青空に神秘的な飛行雲を引いて飛来するようになった。五年生のOWさんが陸軍航空士官学校に合格し高萩町を後にしたのは、ある晩秋の一日であった。前の晩に上級生たちはＯＷさんを囲んで送別の宴を開いた。ＯＷさんの家は、海岸の松林のなかにぽつんとある鉱泉旅館だった。世俗を離れて松と砂の匂いに囲まれて、町でまずは一流の旅館とされていた。

日立市にある日立製作所の海岸工場は、当時高萩町の郊外に分工場を持っていた。私の父はその分工場の庶務課にいたが、何かと高萩館とは業務上の連携があったらしく、個人的にも親しくしていた。風呂の好きな父は、よく私を連れて風呂をもらいにいった。客はあまりなく、二人で大きな浴槽につかっていると、松林を伝わって潮騒の音が聞こえてくる。ときには、

「ごめんなさいね」

と断って、旅館の経営者であるＯＷさんの伯父さんが手拭片手に仲間に加わったりする。

その夜も私は父に連れられて旅館に行き、茶の間で入浴後の一休みをしていて、ＯＷさんの送別会が開かれているのを知った。父は我れ関せずの顔でいるオレに、

「お前も参加すべきではなかったのか?」

「だって何にも言われなかったもの」

と答えると、ＯＷさんのお母さんが、

「今夜はお酒が出てますからね」

といい、それから父に向かっていつになくしんみりとした調子で続けた。

「あの子を今まで育ててきたけど、もう私の役目も終わったようなものですよ。子供なんて時がく

れば、親などにはお構いなく、どこかへ飛んで行ってしまうものなんですね」

父が何と応じたかは覚えてないが、日ごろはしゃきしゃきした感じのお母さんが、いつになく沈んでいるのが気になった。

家への帰途、ぶらりぶらりと松林のなかの小路をたどると、向こうの空に丸い大きな月が昇ってきた。それが年老いた松の枝にかかり、一幅の絵になった。オレもやがては戦場にゆく。その時この一幅の絵をどう思い出すのかなと思った。

次の日の朝、ＯＷさんは歓呼の声に送られて高萩駅を発っていった。数人が日立駅の一つ手前の小木津駅まで同行した。オレもその仲間に入れてもらった。小木津駅は人影もなく、寂しかった。ＯＷさんは制帽のあご紐をかけ、大きな日の丸の旗とともに車窓から身を乗り出した。間近にいた二年生のＯさんと握手をしながら、

「お前は海兵予科志望だったな。しっかりやれよ」

Ｏさんは、密やかに抱いていた胸の内を思いがけなく暴露されたようで、はにかんだ。汽車が動きだし、私たちは期せずして万歳を叫んだ。汽車は緩く弧を描いてみるみる遠く小さくなっていく。その先の丘に隠れるまで、ＯＷさんの日の丸は窓外にはためいていた。

開墾作業

夏を迎える頃、四、五年生は学校を離れ、日立製作所の海岸工場に勤労動員された。秋には三年生

も同様にして学校からいなくなり、年度末には二年生も長期の勤労動員に駆り出されることとなった。私たち一年生も、授業は細々と続いてはいたが、援農作業や陣地構築に駆り出されることが多くなった。日立市近郊の、海に臨む丘での開墾作業もその一つだった。

この作業では、級長のWが私の隣の区画を担当し、反対側の区画ではGという体格の良い奴が開墾鍬を振るった。群を抜いて秀才のWは、日ごろは孤高の存在であったが、珍しく私やGの前でははしゃいだ。

「こいつめ、何と往生際の悪い…」

Wが径十センチメートルほどの松の切り株と格闘している。

「どれどれ、オレにやらせてみろ」

オレはWを押しのけて鍬を振るってみた。しかし深く土のなかに食い込んでいてビクともしない。それを見ていたGが、

「おめえら、都会育ちのお坊ちゃんどもには無理だな。これはな、こうやるんだ。よく見てろ」

Gは開墾鍬を力いっぱいに切り株の側面深く打ち込み、周りの土を支えにしてぐいと柄を押した。切り株はずいと浮き上がり、出来損ないのゴボウみたいな哀れな姿をさらして転がった。それを見ていたWは、

「なるほど、賤のオノコは違うわ」

この開墾作業のあった二、三日はちょうど敵の機動部隊が近づいたときであった。艦載機は水平線

のかなたから忽然として飛来した。北海道と東京を結んで物資輸送に当たる戦標船と呼ばれる小さな木造の軍用輸送船は、用心して岸近くを航行していた。丘の上からは戦標船も艦載機もどちらもよく見えた。四機編隊の艦載機が戦標船に驚くほど近くまで迫り、爆弾攻撃を仕掛けたらしい。船体が見えなくなるほどの水柱が幾本も上がる。それでも戦標船は遮二無二航行を続ける。岸の陣地から撃った高射砲の弾丸であろうか？編隊の近くでオレンジ色の火花がはじける。編隊は散り散りになった。

「どこへ行ったんだろう？」

初めて見る実戦場面だった。皆開墾の手を休め、ぽかんとして見ていた。

突然背後の谷から轟音とともに艦載機が一機姿を現した。驚くほど近い。くすんだ濃紺の機体、風防ガラス越しに、大きな飛行メガネをかけ、こちらを見ている操縦士の顔がはっきり見えた。操縦席下の機体に、およそ場違いに派手な赤い小さな軍艦旗の模様が並んでいる。撃墜した日本機の数だ。武勲かっかくたる屈強の戦闘機である。少年たちは隠れるすべも忘れ、皆歓声を上げて開墾鍬を振った。

艦載機は真っ直ぐにゆっくりと高度を上げ、薄曇りの空に小さくなっていった。その彼方で短い機銃音が断続した。私には見えなかったが、いくつかの小さな点が絡み合うのを見た者もいた。

「あ、離れた。あ、つるんだ。また離れた」

にわかな空中戦の実況放送である。

丘の向こうの平野にはわが航空隊の基地がある。急きょ迎撃態勢をとったわが戦闘機と空中戦になったらしい。その結果については誰も何も知らされなかった。

艦砲射撃と空襲

硫黄島の守備隊が全滅し、太平洋戦争の戦線がいよいよ日本本土に迫った頃、私は日立中学の二年生になった。あの力強かった五年生も四年生も卒業し、新四年生も三年生も勤労動員で日立工場に詰めて、学校は火の消えたように淋しくなった。秀才の誉れ高く、いつもクラスの中心にあったWも仙台の陸軍幼年学校に去って、救い難い空虚が残った。前年度までは金色に輝いていた白堊の校舎も、刑務所の建物のように重苦しく感じられた。登下校の汽車も鎧戸を締め切って、外の明るい世界から切り離されてしまった。大津の山あいから放たれる風船爆弾の機密保持ということだった。そして、静かな高萩の町にも兵隊の集団が留まるようになった。

兵隊たちは「同期の桜」を歌いながら、毎朝私の家の前を通って演習にいった。「同期の桜」は決死の覚悟を謳った歌だが、兵隊たちの歌いぶりにはなぜか自暴自棄の感があった。兵隊たちはみな手ぶらだった。剣帯も銃剣もなく、着流しの軍服も見るからに安物だった。指揮の将校だけが軍刀を下げてはいたが、生え抜きの軍人ではないらしく、頼りなく見えた。世間のうわさでは、彼らが任務を果たすのに銃も剣も要らなかった。爆薬の入った木の小箱を抱え、いずれ現れるであろう敵の戦車に体当たりすればそれでよかった。

威勢のよかった日立の高射砲も機関砲もまったくなりをひそめ、頭上には毎日のように敵の飛行機が乱舞した。悪魔の本性をむき出しにした彼らは、地上にあって動くものは片端から襲った。走行中に攻撃され、やっと最寄りの駅にたどり着いた汽車のなかで、若い母親が赤ん坊を抱いたままうずくまっている。ようやく我に返った人々が抱え起こしてみたら、銃弾が母親の背中から通って赤ん坊を貫いていた。

「おふくろの腸が飛び出して、ぐちゃぐちゃになった赤ん坊と混ざって、ちょっとした親子どんぶりよ」

目撃者はそんなことを言って笑っていたという。

老人はおびえていた。女はヒステリックになっていた。そして少年は殺気立っていた。明日への希望はすでになかった。軍人になるという輝かしい夢もいつの間にか崩れ去って、妖雲のなかに息も詰まりそうになっている私たちに、心地よい微笑を与えるものがあるとすれば、それは過ぎ去った平和の思い出だけだった。一年前の入学時に見た最上級生の強圧的な態度も今は夢の思い出となっていた。

新入の一年生に対して、私たち二年生は実質の最上級生であった。その最上級生になって分かったことだが、平均点八十点以上の成績優良者が学校から取締生徒に任命され、下級生の取締に当たるという制度があったのだ。入学して間もなく新入生を校庭の桜の木の下に集め、「校歌」や陸軍士官学校校歌の替え歌である「日中健児の歌」を特訓したのも、実は取締生徒の有志だったのだ。高萩海岸の岬に下級生を集めて、先輩の飛行予科練習生を送るための歌を特訓したのも、いささか常軌を逸するものの通勤通学列車を一輌占領したのも彼らのリードによったものと思われる。

その取締生徒の役割がオレにも巡ってきた。しかし、いささか荷が重過ぎ、自責の念だけが残った。制度としても一年だけ年上の者に与える権限としてはむしろ不自然で珍妙でさえあった。

そうする間にも戦艦大和は沈み、沖縄は住民を巻き込んだ地上戦の果てに占領された。上級生たちが勤労動員で行っている日立工場もＢ29の爆撃を受け、折れ曲がった鉄骨と瓦礫の廃墟と化した。宮様が日曜日に視察に来て工場は平日並みの勤務となり、その振替休日に爆撃があったため、上級生たちはみな無事であった。私たちも散乱した工具を拾い集めるため、工場に動員された。一トン爆弾でぼこぼこにされた凹地には水が溜まり、その縁をたどってダイヤモンドの刃の付いたバイトだけを探して歩いた。

上台《うわだい》と呼ばれる高みの下に立派な防空壕が掘られていた。しかし一トン爆弾には抗しきれず、そこここで潰された。休日出勤の社員たちはここで犠牲になった。私たちの近くを、掘り出された遺体が担架で運ばれてゆく。ムシロがかけられていたが、ゲートルを巻き、軍靴や地下足袋をはいた泥だらけの足先がはみ出していて哀れと怖れを誘った。おびただしい担架の列であった。おびえきった人々は、空襲警報はおろか警戒警報のサイレンでも我先に工場の外に走って逃げた。

この頃になると、日常でも服を着たまま寝た。灯火管制のもと、ラジオの文字盤だけがぼうっと明るい。その前にうずくまり、敵機の動向にだけ注目した。ある晩、ラジオは変なことを告げた。鹿島灘に敵の小型戦艦が遊弋しているので気をつけろというのだ。それに呼応するかのようにＢ29が一機、遥かな高空に留まっている気配があった。

春雨にしては少し強い雨が、ひたひたと降り注いでいた。祖母のカヤのなかに潜り込み、連日の疲れでぐっすりと眠り込んでしまったらしい。突然ドンドーンと大きな太鼓のような音で飛び起きた。続いてごうっと大気を引き裂くような響き、そして大地を揺るがす炸裂音、その後は音も響きも重なって天地がひっくり返るような競演となる。艦砲射撃！と直感した。耳の遠い祖母もこのときばかりは仰天したらしい。父と母は二階に寝ていたが、まず母が階段を転げ落ちてきた。

「押入れに入れ！」

腰を抜かした祖母を抱えて押入れに入る。私の腕のなかで、祖母の顎ががくがくと震えているのが分かる。遅れて降りてきた父が、

「Ｂ29が一機だけだろ」

「Ｂ29でねェ、艦砲射撃だ！」

父は窓を開けて外を眺め、

「海と陸の二ヶ所で明るくなっている」

「当たり前だ、艦砲射撃だもの」

「お父さん、危ないから頭引っ込めて」

母の心配をよそに音は次第に遠のいてゆく。今更のように雨の音が大きくなるなかで、高空のＢ29の爆音が切れ切れに聞こえてくる。その音もやがて遠くに去っていった。砲撃の目標は、父の勤める日立製作所の高萩工場と、軍需物資を貯蔵した私たちの日立中学の校舎にあったらしい。高萩工場は

大きく外れたが、日立中学は至近弾を受けて武道場の壁に大穴を開けられた。太いコンクリート製の門柱も大きく削がれた。

艦砲射撃は被害は小さかったが、人々の胸に臨場の底知れない恐怖感を残した。それから数日を経ず、日立市をはじめ周辺の町村はB29大編隊の焼夷弾攻撃を受けた。その夜、私はゲートルも着けず、防空頭巾も放り出して寝ていた。

「これ、起きな。空襲だよ」

母に叩き起こされた。母が祖母を背負い出すところだった。いっしょに外に出てみると、南の山の端がくっきりするほど空が明るかった。はじめは夜明けだと思った。しかし、それにしては周りが暗すぎる。そのうち頭がはっきりしてくると、わんわんと独特のうなりを伴うB29の爆音が、頭上の暗い空いっぱいを覆って響いてくるのに気が付いた。

明るくなった南の空に数十の光の点となって焼夷弾が落ちてゆく。続いてドスドスドスと鈍い着地音、

「近い！もっと先に逃げよう」

気が付くと、周りにたくさんの人が潜んでいた。母は祖母を裏の松林のなかに置くと、私が忘れた防空頭巾を取りに家に引き返していた。周りの人影は次々に先を目指し、どんどん少なくなってゆく。そしてついに祖母と私の二人だけになってしまった。

真上でピカッと何かが光った。続いてザアーッと雑木林を吹き抜けるような風の音。私は無我夢中で向かいの田んぼに駆け出していた。その足元で何かがバチッと弾ける。青苗の大きくなった田んぼのあちこちで焼夷弾が青白い火花を上げて燃える。水を張った田んぼは昼のように明るくなった。つい目の先の虚空を何かがビューンと緩い弧を描いて飛んでゆく。その音で私ははじめて我に返った。にわかに調子を戻したラジオのように、そこここで叫ぶ人の声がはっきりと聞こえてきた。私はいったい何をしていたのだ。そこで祖母を一人置いてきたことに気が付いた。そして今来た路を引き返した。

とたんに大きな荷物を背負った女の人と正面衝突！女の人がひっくり返る。

「何するだ！」

抗議の声を後ろに私は無言で駆けた。頭から寝間着を被った祖母がゆっくりと歩いてくる。私に会うと無言で手を出した。その手をしっかりと掴む。そして今駆けてきた路をゆっくりと引き返す。

「麦を焼きに来たんだ。大事ねえ」

祖母が変なことをいう。そういえばさっきまで潜んでいたそばに麦の小田掛けがあって、それが炎を上げて燃えているのが望見された。戊辰戦争じゃあるまいし、時代遅れもはなはだしい。

祖母の手がだんだん重くなる。もう歩くのは無理だと感じた。田んぼの先の丘のふもとの小さなスギ林になんとかたどり着き、祖母は座り込んだ。高萩の町は全体が火に包まれていた。我が家はひときわ大きい二階建てだが、まだ黒々と立っている。こころなしか骨組みだけ残っているように見えた。

私の防空頭巾を取りに戻った母はどうなったのか？

そういえば父のことも心配になった。始めからいなかったことから、空襲と同時に勤め先の工場に駆け付けたに違いない。

悪魔の夜も明け始めたのだろう、東の空が明るくなり、近くにいる人々の顔も見分けられるようになった。気が付くとB29はもういない。朝の空はいつもの静けさを取り戻し、我が家も無事に残っていた。

玄関に落ちた焼夷弾を、ちょうど戻った母が防空演習の作法通り消し止めたのだった。焼夷弾は弾頭に炸薬を仕込んだ焼夷爆弾だった。私が田んぼのなかを逃げたとき、ヒューンと飛んでいったのがその類の弾頭だったらしい。母が消した焼夷弾のそれは、水に浸したむしろを何枚も掛けられて、母とは反対の方向に飛び、向かいの壁に食い込んでいた。弾頭本体のほかに細かに砕けた鉄片が壁に無数の小穴を開けていた。明らかに人員殺傷を狙った兵器である。幸いにもそれらはみんな母とは反対の方向に飛び、母に向かってはマッチの頭くらいの一つがモンペの膝に当たっただけだった。しかし、そこは着物の裾が幾重にも折り重なったところで、途中で焼け尽きたらしい。しかし、母は打撲傷を負った。爆風で耳も聞こえなくなり、それを知った母は気が狂ったようになった。しかし、聴力はすぐ戻った。

父の工場はまたも無事だったが、日立中学の校舎は無残な姿をさらすこととなった。それから一ヶ月後、日本はポツダム宣言を受諾し、戦争は終わった。

六十年後の機窓から

平成十八年十一月二十九日、カンタス航空００６９便はオーストラリアのケアンズ空港を十三時十二分に離陸、成田に向かう。席は老妻に替わってもらい、機首に向かって左の窓際47A。陸地を左の奥にみて、高度を上げながら大陸棚の上を飛ぶ。青い海面に大きな珊瑚礁が黄緑に透けて見える。間もなく大陸棚の縁を越え、小さなアウターリーフが三つ並んで、フロントに白波を立てているのが見える。グレートバリアリーフ北端のアギンコートリーフであろう。

大陸棚縁のリーフの外側は白波

日本時間十二時五十分、大陸棚も遙かに遠く、あくまでも青い珊瑚海に出る。この海面で戦われた珊瑚海海戦に想いをはせる。昭和十七年五月初頭、ポートモレスビー攻略を企画してラバウルを発進した日本軍が、空母の護衛を受けていることを知ったアメリカ軍は、自らも空母二隻を含む迎撃隊を発進させた。日米両部隊は北珊瑚海において遭遇し、結果は両者相打ちで、その結果、日本軍のポートモレスビー攻略作戦は挫折した。高度一〇〇〇〇メートルから見る珊瑚海は、積雲が低く這っていた。あの雲の高さを、小さな艦載機が編隊を組んで飛んでいったのか。まなじりを決して戦いに赴いた若者たちの、はかなき運

左のマーカム川の河口にラエの街並みがみえる

命に涙する。

十三時三十分、窓外に大きな陸地の海岸線が現れた。ニューギニアの南海岸らしい。右側の窓下にはポートモレスビーの市街が見える筈だ。平野の奥にはオーエンスタンレー山脈が立ちはだかっているだろう。しかし、山地に近づくにつれて雲が上と下から迫ってきて、わが飛行機は雲のなかに突入する。昭和十八年四月、全般的な防御作戦のなかで唯一攻撃的であった「い号作戦」の一環で、ラバウルを発った日本機は、長途この雲のスタンレーを越え、ポートモレスビー空襲に向かった。しかし、雲を出たところで待ち構えていた米戦闘機群の迎撃を受け、たいした戦果は挙げられなかった。作戦も終わりの十八日、ポートモレスビーからガダルカナルに運んだ増槽を付けたロッキードP38の待ち伏せ攻撃を受けてわが陸攻二機が撃墜され、一番機に座乗していた連合艦隊司令長官山本五十六大将が、三人の幕僚と七人の乗員と共に墜死した。

十三時四十八分、雲が切れ、熱気にかすんだ陸地と湾入した海岸線が見えてきた。そこに二本の川が流れ、二つの河口に挟まれるように市街地が見える。ラエだ。ここも悲劇の舞台だ。北側のブス川の河口に上陸

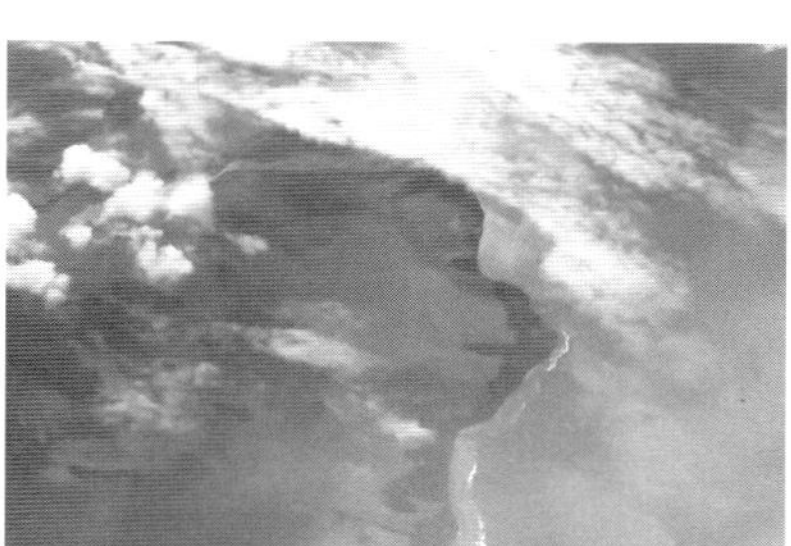

サルワレッドを越えて北岸へ

した豪軍と、南側のマーカム川の上流のナザブに降下した同じく豪軍と、南から海岸沿いに迫る米軍に追い詰められた寡勢の日本軍が、北のサルワレッド山脈越えの脱出を試み、多くの犠牲を出したところだ。あの広く深い密林のなかで、マラリヤに悩ませられながらの仮借《かしゃく》ない長行軍がもたらした未曾有の悲劇を、安易な未来志向のなかに忘れてしまっていいものか？

十四時、ニューギニア北岸から太平洋に出る。遠くの海面に大小二つの島が望見される。カルカル島とバガバグ島だろうか。そうだとすると飛行機のコースは少し西に寄ったようだ。十四時二十七分、足下の海に三角形の環礁が二つ見える。アドミラルティ諸島の付属、ラレント礁らしい。ラエを足下にみた東経一四七度線沿いだと主島のマヌス島を横切る筈だが、窓外にそれらしい島は見えない。やはりサルワレッド山脈越えのあたりでコースは西に寄ったらしい。その先、南洋の島々が見えることを期待したが、窓外は雲また雲、たまに雲が切れても輝く海面が夕日に映えるだけだった。

狂気の季節

戦時下の小学校の国史の教科書には、巻頭のページに日本書紀から引用した「神勅」の一つが載っていた。

「豊葦原《とよあしはら》の千五百秋《ちいほあき》の瑞穂の国は、是れ吾が子孫《うみのこ》の王《きみ》たるべき地《くに》なり。宜しく爾皇孫《いましすめみま》、就《ゆ》きて治《しら》せ。行矣《さきくませ》、宝祚《あまつひつぎ》の隆えまさむこと、当《まさ》に天壌《あめつち》と共に窮り無かるべし。」

難しい文章だが、韻を踏んでいて唱え易い。当時の子どもたちは、これを暗誦させられた。皇祖神アマテラスが孫のホノニニギを高天原から地上に降臨させたときに与えたみことのりであり、実に千五百年以上の長きにわたって日本国元首の座にある天皇家発祥の神話である。

その日本国が、明治維新で、八百年続いた武家の封建政治を排して天皇親政に戻り、海外からの侵略に備えて軍備を増強し、北方からの侵略の脅威に抗して日清・日露の戦争を戦い、韓国の主権をはく奪して朝鮮半島を併合した。昭和に入って、すでに世界経済のなかで動いていた日本は、第一次世界大戦後に発生した世界恐慌のあおりを受けて、企業も農村も不況に見舞われ、著しい労働力過剰に陥った。折しも金本位制復帰をあきらめた政府は、不況脱出のための資金を軍事費に集中させることとなった。活性化した陸軍は、日本が権利を持っていた南満州鉄道にからんで満州を制圧し、日本政府は地元住民の権利をはく奪して日本農村の過剰労働力を移植する政策を採った。当時欧米で行われていた植民地政策は、ヨーロッパからアメリカへの移民などに侵略的な例もあるが、多くは原料とその加工労働力は現地供給であったことと対比すると、中国側の恨みが如何に深かったことか。十四年後にわが国に対して起きたソ連による南千島の収奪を連想するまでもなく、その恨みの深さは想像できよう。

また、都市労働力の過剰は上海の合同租界への二万を超す移住を招き、その保護の名目で、海軍は陸戦隊を派遣した。日本に対して特別の恨みを持っていた中国に対するこの軍事措置は、上海事変から全中国を巻き込んだ戦乱へと発展した。中国ばかりでなく欧米の反発も大きく、太平洋戦争突入への引き金ともなった。そして昭和二十年八月十五日、十五年にわたった狂気の季節は日本の無条件降伏をもって終わりを告げた。

この日を境にして大人たちの言い分は正反対となり、皇国史観と軍国主義で育てられた少年たちは戸惑った。巷間で謳われる歌も、「同期の桜」「轟沈」から「リンゴの唄」「東京の花売娘」に急変した。戦前の道徳や倫理はほとんどすべてが否定され、それぞれ勝手な言い分に走る大人たちの言動に、頼るべき指針は見付けられなかった。少年たちの心は、糸の切れた凧のように宙に舞うほかなかった。

しかしそれは、新しい、自由に真実を求める時代の夜明けでもあった。その夜明けから、一夜前の太平洋戦争末期の状況を振り返ると、老いも若きも、男も女も、急進派も穏健派も、日頃の信条はかなぐり捨てて断末魔の祖国を救うため、己を捨ててまい進した稀にみる狂気の季節があった。その狂気の間に、その後は幾重もの屈折の下に隠れてしまった真実の光が、けなげに輝いていたようにも思われる。

狂気の季節は慚愧と慟哭の季節でもある。慚愧は、フォーマルなかたちとして憲法、とくに第九条に示されている。また、慟哭はひそやかに、無二のメモリアルとしての靖国神社に留まる。フォーマルとプライベートを混同してはいけない。

崩れゆくもの

日本列島は資源貧乏だとよくいわれるが、
温和な海洋性気候に恵まれて生物資源は豊かである。

ある思い出

ジイちゃんが先に立って、山の斜面に唐ぐわを振るい、小さい穴を次々と掘ってゆく。その山肌は冬枯れのヤブだ。ジイちゃんの唐ぐわは穴を掘るだけでなく、ときどき横なぐりにヤブをはらう。谷底から見ていると、働くジイちゃんの姿は山肌にへばりついたダンゴ虫みたいに小さかった。

オレは谷底を流れる小川に浸しておいたスギ苗の束を抱え、ジイちゃんの掘った穴に一本ずつ置いてゆく。嫁入り前の美穂伯母がその苗を立て、足で土を寄せて根を埋め、苗の先をつかんで上に引っ張りながら寄せた土を踏み固める。

両手いっぱいのスギ苗がなくなると、また新しい苗束を取りにオレは谷底に戻る。戻るついでに美穂伯母をまねてスギ苗を植えてみた。すかさずジイちゃんの声がとんでくる。

「落ち葉を穴に入れてなんねえぞー。真っ直ぐに植えろよー。」

落ち葉は腐って肥料になるんじゃないのかな、斜面に植えたスギは自分で真上に伸びるんじゃないのかな、と思ったが、口答えせず、黙って従った。今日中に片づけるため忙しく働いているのに、小賢しい口答えはジイちゃんを悲しませるだけだと思った。

ジイちゃんは何日も前からスギ苗を手配していた。仕入れた苗は隠居の裏の小川に浸しておいた。そして植える日の朝、馬の背に付けて山道を運んできた。山仕事の朝は早い。美穂伯母は前の日にイカにんじんをつくり、タラの切り身を煮付けた。朝飯の残りでつくった握り飯とともに網袋に入れ、美穂伯母が背負った。ジイちゃんは馬の手綱を執り、オレは唐ぐわをかついだ。美穂伯母とオレは馬の後ろについてゆく。馬の尻と後脚の動きが可笑しいと美穂伯母は口に手を当てて笑った。そう言われればそうだが、そんなことで笑っては馬に気の毒だとオレは思った。それよりも、馬の背は撓んで積荷のスギ苗が重そうだ。大丈夫かなと心配だった。

山は遠かった。今まで来たこともない奥山だ。静かで人の気配もない。馬から降ろしたスギ苗を谷の小川に浸けた。きれいな流れのほとりの岩肌には見たこともない大型の蘚がびっしりと生えていた。ジイちゃんと美穂伯母とオレは、終日黙々と働いた。一日の仕事を終え、一日中草を食っていた馬を連れて急ぐ家路は、途中で宵闇に追いつかれ、真っ暗なスギ林のなかを通るときなど、ジイちゃんと馬の勘を信じてついて行くしかなかった。

あれから間もなく伯母の美穂ちゃんは東京へ嫁に行き、音信は途絶えた。ジイちゃんは中風を患って死んだ。酒が好きで、酔うと「伊吹山の大蛇」の話をしてくれた優しいジイちゃんだった。植えたスギは、その後、下草刈りとツタ切りをよその人に頼んだと聞いた。しかし、それ以上の管理はできず、土地の権利ごと本家の兄貴に引き取ってもらった。その後どうなったかは聞いていない。

福島大学生物学研究会会報39（一九八〇）より

鬼火

上野を朝に発った特急列車は東北本線をひた走りに北上する。窓外に流れる晩秋の東北は、やがて、夕焼け空にくっきりとシルエットを残した岩手富士を最後に漆黒の闇のなかに沈んでゆく。列車は軽金属の車体を軋ませ、転ぶように岩手の高地を北に降り続け、やがて平坦な八戸の水田地帯に入る。集落の灯が闇のなかを点々と後ろに流れてゆく。そうした灯が途絶えたところで、彼は、灯火にしては妙に赤く揺らぐ火を見た。炎である。小さくチョロチョロと燃えるもの、ごうごうと闇空を焦がして燃えるもの、さまざまな炎が闇のなかに奇妙な踊りを踊っている。〝鬼火〟と彼には映った。

稲作の副産物として生じる多量の稲わらは、かつての農業では重要な役割を果たしていた。稲こきでモミを採ったあとの稲わらは、冬枯れの田んぼに農ボッチとして積まれ、まず、馬の飼料として欠かせないものであった。耕うん機などなかった一昔前の農業では、馬は農作業の力仕事の要所を占めた。宵闇迫る馬小屋の前で、太い稲束を片手で器用に掴んで力強く押切で切ってゆく父は、幼い彼にとっては例えようもなくたくましく、頼もしい存在であった。姉が手桶で運んできた白湯がほの白い湯気を上げる。うれしそうな馬のいななき。母屋の台所では、母が夕餉の支度に忙しかった。馬小屋と竹林の間の空地に積まれた稲わらと山からさらってきた落ち葉と、それに厩肥を混ぜた堆肥が温かい湯気を漂わせていた。夕暮れの空にはすでに一番星が光っていた。

あれから二十余年、彼が育つのに合わせるように農業は衰退の一途をたどった。高校を卒業したとき、彼は、郷里に残って家の農業を継ごうと思った。幼い日の郷愁が彼をそうさせたのかも知れない。出稼ぎから帰った父は一応は喜んでくれた。しかし、そのあとで力なく言った。

「お前一人で生きていくならそれもよかんべ。だが今どきの百姓に嫁の来人もねエど。村の好いあねさ、みんな東京だべ。」

あねさばかりではなかった。彼の同輩も先輩も若い衆はみんな東京だった。そして彼も、結局はその仲間入りをしてネオンの街へ出ていったのだった。

働き手のいなくなった郷里の家は荒れ果てた。家にみんながいたときは、農作業が一段落して盆を迎える夏の日、総出で庭の手入れをした。その庭も、管理は留守居の年寄には荷が重く、年々荒れて生彩を失ってゆく。馬は耕うん機に、堆肥は化学肥料に変わり、馬小屋はそれらの置き場所となっていた。老いた母も腰の痛みに耐えながら、不要

になった稲わらを田んぼで燃やしているに違いない。特急列車の窓の外に点々と続く稲わらを燃やす火に、農村の挽歌が聞こえるような気がした。言いようのない寂しさが胸をよぎる。

田畑に施す稲わらが多くなると、それに見合う窒素肥料も多く要る。そのため一昔前の農村では田んぼにマメ科のレンゲソウを蒔いた。春になると田んぼはレンゲの花盛りになる。レンゲはそのまますき込んで窒素肥料とした。すき込む前の温かい春の日、子供たちはレンゲの葉の柔らかい緑のじゅうたんの上でレンゲの花を摘み、花輪を作って遊んだものだった。レンゲを蒔く人手もなくなった今、その代りをするのは高価な化学肥料である。その貴重な窒素分を巡って稲と競争する微生物を抑えるため、微生物の熱源となる稲わらは燃して少なくするしかなかった。有機物の供給を断たれた土に重大な変化が起こることには目を閉ざすしかなかったのである。ご先祖から伝えられた農作業の内容も大きく変わった。隣近所が助け合った「結い」の風習もなくなり、集落は各戸がばらばらになった。それでも田んぼはお上からの補助金が出るため、何とか体裁を保っていたが、畑と山林は見る影もなく荒れ果てた。点々と続く鬼火から、消えゆく農村の挽歌が聞こえてくるように彼には映ったのである。

福島大学生物学研究会25、雑報編（一九七三）より

崩れゆくもの

蓄財欲と享楽欲は、現生人類が困難に立ち向かって生きる勇気の源として、本来的に備わった生存戦略の要素の一つと考えられる。しかし、それは両刃の剣であり、誤れば破滅に導くもとにもなる。それが人類誕生以来十六万年に亘って裏目に出ることなく、大きな弊害を生まなかったのは、人類の生活が自然に直接していて、野放しの蓄財欲と享楽欲がいかに人類の危機を招くかをわきまえる思考の規範、祖先伝来の心を、一人一人がしっかりと保っていたためである。

日本列島に現生人類がその最初の足跡を残したのは今からおよそ一万五千年前といわれている。その頃の日本列島はまだ大陸と陸続きで、移動しながら草原に鹿を追うなかで、狩猟による資源の枯渇の恐ろしさを肌で感じていた人々は、自然と人間との持続的な関係を願い、噴き出す蓄財欲と享楽欲を抑えて自重した。氷期を過ぎて温暖化に向かうと、海面の上昇により日本列島は大陸から離れ、日本海に暖流が入るようになると列島の湿度も高くなり、森林が増えてきた。およそ一万年前、森林の民となった人々は定住生活に入り、年々実る木の実や山菜を採り、小動物をワナで獲るなかで、捕り過ぎのもたらす弊害に怯え、蓄財欲と享楽欲を抑えた。少ない獲物は部落内で配分し、生存に必要な最低の量は誰もが享受できるようにした。マルクスのいう「原始共産制」である。

およそ七千年前、人々はシイ・カシ類を植えてその実を食用とするとともに、餌としてイノシシを集めるなどして、単純な狩猟よりは多くの生活物資を得ることを知った。この栽培・飼育の農法は次第に発展し、四千年前頃になると、シイ・カシは食べ易いクリに替わり、南方から伝わった熱帯イネを焼畑で育てるようにもなった。現在でも日本農業の中核をなす水稲の栽培は、今からおよそ千年前、弥生時代を迎えて本格化した。イノシシも、より飼い易いブタに替わっていった。

栽培・飼育の農法が本格化すると生活物資の生産量は、狩猟時代よりは桁違いに豊かになり、蓄財欲と享楽欲を今までのようにきつく抑える必要もなくなった。さらに余裕で、生産に直接携わらない統治階級が出現した。統治階級は欲望むき出しの勢力争いに明け暮れ、日本列島は戦乱・抗争の時代を迎えた。こうした抗争は農業生産の高い西日本に多く、やがて西日本を中心としてヤマト王権の成立を迎えることとなった。前章で触れた天孫降臨はその建国の物語である。

統治体制は家長制から律令制、そして封建制へと変わっていったが、経済の根幹は農民の生産活動にあり、自然に枠付けられた環境容量を強く意識するものであった。それは遠野物語に見るような厳しくも悲しい掟で人々の蓄財欲と享楽欲を制限した。間引きによる産児制限は厳しく行われ、間引きしそこなった食べ盛りの腕白小僧は簀巻きにして淵に浸けて殺し、育ち盛りなのに周囲に気遣って摂食し、栄養失調になってしまった優しい少女は、ふだんは人を入れない客間に寝せて死を迎えさせた。そうしたことへの呵責の念から河童や座敷ワラシの伝説が生まれたという。働けなくなった老人も静かに死を迎えさせた。デンデラ野や姥捨山の伝説である。

いっぽう、西洋、とくに英国では、十五世紀頃から封建農村の自然経済からはみ出した人々を集めた工場制手工業が盛んになった。生活料を支弁するという名目で人を雇い、それより多く働かせて剰余価値を生み、蓄財欲と享楽欲を欲しいままにする資本家階級が生まれ、商品と貨幣の商業社会がその隆盛を迎えた。商品の生産は上がり、足りなくなった原料は、その原料を生む労働力とともに海外、とくに東洋の諸国に強制的に依存するようになった。いわゆる帝国主義侵略である。その波は「黒船」によって日本にも襲来した。植民地化を恐れた日本は、明治維新によって統治体制を根本から変えて対抗した。

それは、旧来の陋習《ろうしゅう》が凝り固まって発展性の期待されなくなっていた封建制を廃し、全般的に国民の自由な活動を保障しようとするものであった。その結果は、江戸時代から潜行していた豪農・豪商の進出をうながすものとなった。農村では地主の台頭が明確となり、小作人との対立的構造が進み、不当に高い小作料を巡って小作争議が多発した。ここで脱落した農民が都会に出て労働者となり、ブルジョアジーを支えたまでは英国と同じだが、ブルジョアジーの海外進出は英国のようには行かなかった。そこで政府は、農民が農地を保有して働く自作農化を進めた。戦後の占領政策の一環として進められた農地解放が思いのほか円滑に進んだのは、戦前からのこうした社会的背景があったためといわれている。

ともあれ、農村で余った労働力は新興の都市経済と国軍が引き取り、「富国強兵」の国是を進展させた。西洋に負けじと繰り広げた武力による海外侵略は、太平洋戦争の敗北をもって幕を閉じたが、資本家階級の企画と動きは更に衰えることなく、そのため農村の労働力は、「鬼火」にみるように都会に吸い上げられ、日本列島の自然に根差した「天孫降臨」以降の生産体制は根こそぎ収奪される危機に瀕した。

日本列島は資源貧乏だとよくいわれるが、温和な海洋性気候に恵まれて生物資源は豊かである。昔からエネルギー供給の役割を担ってきた「薪炭林」の生産量は、福島県域でみると、東北電力による電力としてのエネルギー供給の四五％くらいになる。これを発電効率四〇％の発電機で電力にすれば一八％になり、東北電力の原発による発電割合の二〇％に近くなる。豊かな降水量がもたらすエネルギーは、東北電力による電力需給の実に十三倍はあり、かなり大まかな渓流発電でも現在の電力供給程度はすべて賄える。しかし、こうした土着の自然エネルギーを真に扱えるのは旧来の伝統技術を持った農村機構しかない。しかしその農村機構は都会に収奪されて今はないに等しい。自然の機微に適応していない都市経済ではもともと無理である。

終戦を契機に、わが国の古来の文化はほとんど否定され、人々の心の奥に潜む、そのままでは原始的で反文化的でさえある蓄財欲と享楽欲だけが、人間としての最低の資質として否定の洗礼に耐えて残った。その自由な発露こそが資本主義の真髄である。この資本主義が一人大手を振って闊歩するなかで、農村はまず、その生産機構が飲み込まれていった。本来の農村はその産物であるコメを都会に輸出し、その見返りとして富を得る。しかし、生産機構の機械化の波のなかで、なけなしの富さえも容赦なく都会に収奪されることとなる。生産機構の発達は剰余労働力も生むが、これもまた都会が収奪した。最後に残った基幹労働力も結局はその立場を失い、農村は形骸化した。

形骸化した農村には、もはや日本列島の豊かな生産力を生かす伝統的な技術も文化も残っていない。

一見豊かな繁栄を見せる都市経済も、所詮は根無し草のあやかしの経済である。必要な資源は海外に求めればいいという人もいる。しかし、海外には海外の都合があり、軽視はできない窮屈な状況がある。国際平和を無視し、かなりの無理を重ねてでも新天地を目指さない限り、現在のままではわが国のGDPはすでに環境容量の限界に近い。その近さに比例して上昇に対する抵抗も大きくなるから、景気浮揚のいかなる政策も内部ストレスを高めるだけに終わる。ハルマゲドンの破局を迎える前に、ほどよく生きる英知を取り戻さなくてはならない。自然やかろうじて残った農村文化は観光資源である前に、人の命のかかった学習のための資源なのである。人間存在の基本は投企と頽落《たいらく》だという。投企とは、立ちはだかる障害に身を投げて乗り越えることであり、頽落とは、やる気のないこととされてはいるが、私は、己の位置をしっかりと認識し、地に足の着いた生き方を求めることで、頽落への投企こそ真の投企だと思っている。

東日本大震災に伴った原発事故は、未曾有の生活破壊を広い地域に及ぼした。以後四年になるのに福島県で元の父祖の地に戻れない人々はなお四万人を数えるという。放射能汚染が消えて元に戻るにはあと百年以上かかる。こうした危険性が実証されているにも関わらず、なお原発に頼ってエネルギーを得ようとする動きは鮮明である。日本列島は世界一不安定な自然であり、そこでの安全な古来のエネルギー利用を見捨てて、原発という危険なエネルギーに頼ろうとするのは邪道に属する。頽落を捨てた投企であり、その動機がむき出しの蓄財欲と享楽欲というのでは、本来の生存戦略を放棄した哀れな生物としか言いようがなく、その末路を想うのは悲しいきわみである。

世界の自然と人、見て歩き

世界にはいろいろの自然があり、
それに順応した人々の生活と文化がある。
しきたりや風習はさまざまだが、
人としての心はみな同じである。

スコットランドの自然

私が初めて祖国日本を出て海外の自然と文化に接したのは、文部省在外研究員としてスコットランドのアバディーン大学にお世話になった昭和五十七年四月から翌年一月までのことである。

自然の生い立ち

スコットランドは連合王国（英国）をつくる四つの王国の一番北にある王国で、北部の山岳地帯（ハイランド）と南の平野部（ローランド）とに分けられる。ハイランド境界断層と呼ばれる顕著な断層が北東から南西に走っていて、それが自然的境界となっている（グラビア参照）。アバディーンはハイランドの東海岸にあり、私が親しんだのはハイランドの方である。スコットランドの人々の心のふるさとともいうべき英雄オシアンの伝説的詩集は、このハイランドの西部に生まれたといわれており、文化的にも独特のものがあるように思われる。

西スコットランド奥地の風景

ハイランドをつくる主な岩石は二種類の変成岩である（グラビア参照）。ハイランド中央部の一帯を占めるのがモイン片岩で、もう一つの

最高峰ベンネヴィス

ダルラディア片岩は南部の一帯を占める。ここには境界断層に沿って走るグランピオン山脈があり、ダルラディア片岩はその主体を成す。これらの変成岩は、カレドニア造山運動という非常に古い古生代初期の造山運動に由来するもので、今から四億年から四億五千万年前に形成された。ハイランドの山々は、カレドニア造山運動でできた当時はアルプスあるいはヒマラヤ級の高山であったが、その後の浸食で、現在に見る一〇〇〇メートル級の低い山並みになったと考えられている。ハイランドの最高峰は西海岸近くにあるベンネヴィス（一三四三メートル）である。

断層は、ハイランド境界断層のほかに二本ある。その一本はハイランドのほぼ中央を走る大グレン断層で、かの恐竜ネッシーで知られるネス湖はこの断層盆地の北部にある。もう一本はハイランドの西海岸に沿って走る逆断層、すなわち衝上で、断層面は西に向いている。モイン衝上という。このモイン衝上から西側の地はさらに古い岩石でできている。最も古いのはレーウィス片麻岩で、今からおよそ十六億年から二十六億年前に形成されたという。その上を二種類の堆積岩が覆っている。その古い方がトリドン砂岩である。それは、今からおよそ五億年から八億年前に、レーウィス片麻岩が風化して風に吹かれて堆積した風成層である。その上を覆うもう一つの堆積岩がカンブリア石灰岩で、今からおよそ五億年前に浅い海の底に堆積した水成岩である。先に述べたモイン片岩はトリドン砂岩が変成したものと考えられている。

次に、より小規模な分布をみせるその他の岩石に注目してみよう。その一つはカレドニア造山運動の終わり頃、今からおよそ三億五千万年から四億年前にハイランドのあちこちに噴出した花こう岩である。アバディーン近くのグランピオン山脈北部にはとくに多い。もう一つはモレー湾の沿岸から北のオークニ諸島、シェットランド諸島にかけてみられる古赤色砂岩である。この砂岩は、カレドニア造山運動もひとわたり終わった今からおよそ三億五千万年前に浅い海の底に堆積した水成岩である。その後の岩石としては、中生代の水成岩が僅かにみられるだけで、ハイランド地方は何事もない安定した時を過ごしてきた。この間、浸食作用だけが静かに進行し、ヒマラヤ級の険しい山並みは今に見る高原状の温和な山地に変容したのである。

人々のくらしと気風

古生代始めあるいはそれより古い原生代や始生代の岩石が今も山野を構成しているということは、その地盤が極めて安定であることを物語る。それは、新旧とりまぜて細切れ状の地層の集まりである火山国日本の地質的自然からはとうてい想像もできない。地盤の安定さを反映して、アバディーン市内を歩いていると、古い石の建造物がよく目につく。アバディーンは、北のドン川と南のディー川に挟まれ、海に面したスコットランド第三の街であるが、ドン川に架かる石の橋、バルゴニー橋は一三

古い石の橋バルゴニー橋

キングスチャーチ

二〇年、わが国でいえば鎌倉末期の建造と伝えられる。アバディーン大学のあるオールドアバディーンは、スコットランドに封建制が敷かれ、その拠点の一つとしてつくられた司教区の町である。司教区の設置は一一五六年であるが、その後、スコットランドは一時イングランドに併合され、その後の独立戦争で一三三六年に兵火に遭い、創設当時の町並みはすべて失われたといわれている。現在の街並みはその後の復興によるものだが、なお中世のおもかげを濃く残している。アバディーン大学は、一四九五年に置かれた神学教育の場、キングスカレッジをもととしている。カレッジの中心はキングスチャーチで、聖堂のドーム頂端にある王冠が印象的である。

オールドアバディーンの街並みは近くのグランピオンの山々から切り出した花こう岩でできている。聖堂も王冠も花こう岩でつくられている。家々の外壁には、よく歴代の住人の氏名を記した銅版がはめ込まれているのを見るが、頑固なまでに古さを貴ぶスコティッシュの気風がうかがわれる。古さを貴ぶ気風か、ハイランド奥地の小さな村々は今も伝統を守り元気に息づいているように感じられる。そこでは若者たちが外壁だけの古い家を自分で造作しているのをよく見かける。わが国の山村でみるような限界集落の気配はない。

さて、古生代以降ずっと静かだった山野も、今から六千万年前、ハイランドの西部一帯で火成岩の噴出が起こった。火成岩は地上に出て固まり、黒ずんだ玄武岩の層を形成した。しかし、その後の地盤の安定さを反映して、その層は見事なばかりに水平である。

この後、ハイランドは万丈の氷に覆われて氷期に入る。そこでは氷河の浸食作用と堆積作用だけが進み、数々の氷河地形が形成される。その代表的なものに氷食谷（トラフ）がある。氷食谷は、水で浸食されてできた谷と違い、谷筋は真っ直ぐに伸び、広い底と急傾斜の側面を持っている。広い底にはしばしばゴージと呼ばれる凹地ができ、水を湛えてロッホ（湖）となっている。また、西スコットランドにはその後の地盤沈降と海進によって瀬戸（サウンド）になった氷食谷もある。スカイ島やムル島はこうして本土と切り離され、島になったのである。

スコットランドから氷河が消えたのは、今からおよそ六千年前といわれている。氷河によって運ばれ堆積した土砂を漂礫土という。水で運ばれた土と違い、礫から粘土までいっしょくたに堆積し、礫は角張ったままである。漂礫土で覆われた平野を漂礫平野という。独特の緩い起伏をみせて広がっている。

氷河が消えてカンバやスコッチマツの林が戻ってくると、それまでイングランド南部やアイルランドでエスキモー的生活を送っていた人々がトナカイやシカを追い、丸木舟で魚を

エッグ島の玄武岩層

漂礫土（最上層は泥炭層）

獲りながらスコットランドの西海岸に沿って北上し、大グレン断層盆地の細長い湖の連なりを利用して東に抜け、さらに北、オークニやシェットランドの島々に広がっていった。遅くまで氷河が残ったスコットランドの人類史は中石器時代の終わり頃から始まる。

新石器時代、人々はすでにヒツジの放牧を行っていた。墓は夏場の放牧地の隅につくられた。ケルンと呼ばれる石積みで、同じ構造の墓室がハーモニカ型に並んでいる。マルクスのいう原始共産制を示す遺構である。新石器時代の人々はストーンサークルと呼ばれる環状の列石も多く残している。ストーンサークルは小高い丘の頂に造られ、天井の聖なるものと地上の俗なるものが連絡する場所として、各種の宗教行事が行われたところと考えられている。人々はここで、天の啓示としての暦を読み取った。実際、石はかなりの精度で星の動きを読み取れるように並んでいる。少ない生産物を皆で分け合い、神を信じてつつましやかな生活を送っていたのであろう。

ケルン（写真下部）

二千五百年前頃になると、後氷期の温暖で乾燥した気候は、現在に見るような寒冷多湿の気候となり、英知に満ちた新石器時代の人々は消え、世は短い青銅器時代を経て鉄器時代に入る。西暦○世紀、スコットランドはローマ時代を迎える。そのローマが撤退した後、スコットランドの人々は、ローマの支配下にあったウエールズ人、ローマの支配に屈しなかったピクト人、新たにアイルランドから移っ

ヒースランド（ディネット自然保護区）

ブランケット湿原（サザーランド）

てきたスコット人の三派に分かれて争っていた。それは、各地に残るブロックと呼ばれる城塞跡などから読み取れる。オシアンの詩集がつくられたのもこの頃である。八四四年、スコット人の王、ケネス・マカルピンが策略を用いてピクトを滅ぼし、ここにスコットランド王国の基礎が築かれることになる。

気候が寒冷多湿に移行した頃からハイランドでは西風が卓越し、それが海からの湿気を陸地にもたらすため、ハイランドの西側がとくに多湿となった。そのためミズゴケ湿原が発達し、その遺体である泥炭層が山も谷も埋め尽くし、一望千里のブランケット湿原が広がった。

いっぽう、東側は比較的雨が少なく、ミズゴケ湿原は水はけの良くない凹地に限られ、ドーム形の泥炭層を持つレイズド湿原へと発達していったが、一般的にはヘザーの低木が茂るヒースランドとなった。

古い文書の記述によれば、十四世紀頃までは高木の繁る自然の林もあった。それらは、ロームの谷筋ではナラの林、乾燥性の砂礫地や粘土の地ではカンバやスコッチマツの林であったが、ウールの市況が良くなると、人々はそうした林を刈り払い、焼き払ってヒツジの放牧を増やしていった。また、帝国主義時代の英国は多くの艦船を必要とし、その材

クリアランスで追われた村の跡

７人の領主たちを記念する７本の樹

料としても多くの木々が伐採された。大砲をつくるための鉄の製錬も盛んで、その燃料として、また黒色火薬の原料として、炭焼きも盛んに行われ、そのため林は伐採され、跡地は焼き払われてヒツジの放牧に供された。ヒツジの皮をなめすなめし剤を採るのにもカンバの幹が使われた。こうして自然の林はそのすがたを消した。林がないわけではないが、それらはみな人が植えたものである。

一七〇七年、スチュアート朝のアン女王の時代にスコットランドとイングランドは合併し、大英帝国となった。しかし、その実態はイングランドによるスコットランドの併合であり、王族としてのスチュアート家は途絶えた。そして一七四五年、ジャコバン派に属しフランスに住んでいたスチュアート家の後裔《こうえい》チャールズ・スチュアートが西ハイランドに来航し、七人のハイランド領主たちとスコットランド独立の兵を挙げたのである。この独立戦争はハイランド軍に分がなく、翌年春のカローデンの戦いを最後にスコットランド独立の夢は消え去るのである。この後、スコットランドは厳しくイングランドの規制を受けることになる。キルトの着用やバグパイプの演奏は禁止され、新しい領主たちは自ら大企業的にヒツジを飼うことを始めたため、住民との競合が激しくなり、住民の移住が強要された。この強要は、場合によっては警官隊や海軍の砲艦まで動員され、住民たちは住み慣れた土地を離れ、あるいはイングランドへ、あるいは新大陸へと移っていった。いわゆるハイランドクリアランスである。イングランドに移った人々が、当時勃興してきたマニュファクチュアに吸収され、資本主義発達の礎となったとマルクスは分析している。今もハイランドの奥地には廃村の跡が残っている。

連合王国は、このように封建制から典型的な資本主義体制に移った歴史を持つが、ハイランドでふつうにみるのは、今もヒツジの放牧を中心とした半自然の経済である。近年、北海油田の開発が盛んであるが、原油のまま沖で取引し、陸地に精油工業の経営はみられない。石油プラットホームに働く人々は、郊外の高層住宅から直接ヘリコプターで通勤している。自然と伝統的な都市の景観が損なわれるのを強く拒む国民性によるといわれている。他に類をみない安定した大地の国であるが、原子力発電所は日本と同じく二〇くらいあるが、稼働しているのは半分程度である。残りは廃炉工程に入っているが、高レベル放射能廃棄物の処理には苦労しているという。北極海の海岸ドーンレイにある実験炉はアバディーン大学の大学院生の見学にまぎれて訪れたが、原子炉の真上まで案内してくれ、動物学科の学生相手の討論にも懇切丁寧に応じてくれた。国営の拡大造林の現場も訪れたが、応対した職員に官僚臭はまったく感じられなかった。自然保護論争はどこでも率直、かつ真摯であった。

アバディーンからの旅

スカイ島

昭和五十七年五月二十五日（火）町へ出て魔法瓶を買う。しかし、院生のリチャードが気を利かしてアジムから借りておいてくれた。アイムソーリーとアジムに返したら、何がソーリーなのかと不審顔だった。十一時にチャールス運転のミニバスでスカイへ出発、初めてのハイランドだ。カローデンの古戦場を左に見てインバネスの街を抜け、ネス湖の西岸をたどる。チャールスが、日本人が恐竜探しに来たと、石原慎太郎一行のことを話す。ネス湖の南端近くで西に折れ、アイリーンドナン城をカメラに収め、短い船旅を経てスカイ島に渡る。今夜の宿はポートリーの民宿。カナダのリチャードと同室。リチャードはブーツを脱いで上履きに履き替え、お客なのに宿のマダムへの気使いは相当なものだ。風習の違いを感じる。

二十六日（水）朝から国有林の見学。日本とはだいぶ様子が違い、担当者が施業の自然保護配慮について熱心に説明し、理解を求める。

スカイ島自然保護研究会の一行
（手前がチャールス）

アイリーンドナン城

途中で、初めてブランケット湿原を見る。昨夜と同じポートリーに帰り、ホテルでの夕食で参加者の若者からビールをおごられる。昨夜と同じ民宿に泊まる。

二十七日（木）午前、南部スカイの問題地を自然保護官のアンドリューが案内。一般は昼で散会となったが、われわれアバディーン組も入ったイングラム組はさらに案内してもらい、夕刻解散。後は一途にアバディーンへ。途中、インバネスで夕食、院生のリチャードの分は私が持つといったら彼は悪びれることなくサンキュウという。いやどういたしまして、のつもりでノーノーといったら彼は当惑顔、サンキュウにはオーケーと返さなければならなかったのだ。夕食代を持ったうえに怒らせてしまった。大失敗。午後十一時すぎに帰寮。

ランノッホ湿原

六月九日（水）朝、洗濯した後で教室へ。実験室でディネットで採った植物で乾燥抵抗の測定。夕方ランノッホに発つのを忘れていて、カナダのリチャードにあきれられる。いったん寄宿舎に帰り、準備をして再び教室へ。三時四十五分リチャードの車でピトロチュリーに向かう。小さなホテルに入り、夕食は街に出る。

十日（木）イビキがうるさかったとリチャードに小言をいわれながら九時に宿を出る。女王の景観というタンメル湖の眺めをみて一路ラ

ランノッホ湿原探訪
（右端が山本、その隣イングラム）

ンノッホへ。ここでダンディ大学のイングラム一行と落ち合う。山本明大教授がいっしょで久しぶりに日本語を交わす。終日湿原を案内される。別れ際にイングラムに尾瀬の第二次学術調査の報告書を贈呈。ピトロチェリーでフィッシュ＆ポテトの夕食。新聞紙に包んでもらい、宵闇迫る路傍で車座になって、馴れ馴れしい野鳥を片手で払いのけながら食う。夜遅く帰る。かなり借りが超過になっているようで気になる。

西南スコットランド

ランノッホ湿原の微地形

六月二十一日（月）朝、カナダのリチャードの車で西南スコットランドのダムフリーズを目指す。非常に長いドライブ。午後九時、ケーラベロックの塩湿地を見る。また、詩人バーンズの家も見たが、時間が過ぎていて外側からだけ。小さいが感じのいいホテルに入る。リチャードは私のイビキを恐れ、要領よく別部屋。だが真夜中に土地の若者たちのディスコパーティーがあり、かなりうるさかった。

二十二日（火）シルバーフロー湿原を見る。途中森林管理事務所に寄って林道のカギを借りたが、そのときリチャードがお前もいっしょに来い

シルバーフロー第５湿原入口

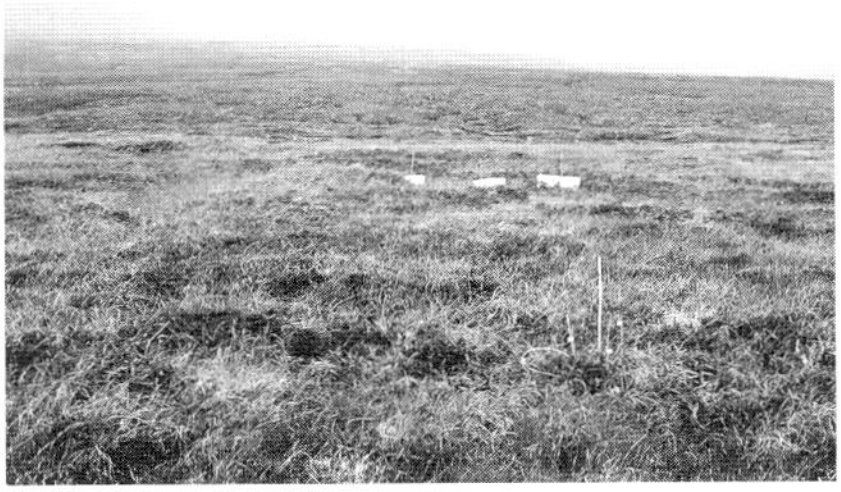

ムアハウス湿原（クライモ博士の測定装置が見える）

ハマカンザシ満開の塩湿地

という。どうやら入林許可申請の名義人の一人になっていたらしい。シルバーフローはボートマン氏の研究報告でお馴染みの湿原だが、現物を見るとやはり感慨は新ただ。帰りは海に向かって南下、クリータウンで私設の博物館を見る。地質の鈴木さんへのお土産にアンモナイトの化石を買おうかと思ったが、素人の買い物と笑われるかも知れないと自重した。アードウォールで塩湿地を見てダムフリーズに戻る。

二十三日（水）イングランドに出て、カーライルからM6高速道を南下、ウッドウェル研究所を訪問、所長室でヒール所長と歓談、所内を案内してもらう。個体群生態学のキャラハムの研究室で富山大の河野さんの別刷りを見る。午後は所員の案内でモアカム湾に面した塩湿地を見る。ハマカンザシの花盛りで見事だった。ハマカンザシは放牧したヒツジが食わないので、その純群落ができたという。ヒツジがつくった花園である。

二十四日（木）ヒール所長の案内でペニン山脈のムアハウス湿原を探索。国際生物学事業計画の基準地としてよく研究され、日本でもよく知られている湿原だが、実際に見るとまた感慨深い。歩きにくいヤブをつくっているツル植物が、あの赤井谷地の優しいホロムイイチゴだと分かり、驚く。帰りに湖水地方に立ち寄る。夕食は民宿のある集落のレストランでリチャードのおごり。本当にオンブにダッコ、これでいいんだろうか。

二十五日（金）朝八時に出て、一路アバディーンへ。途中エディンバラの郊外で車を止めての昼食は、リチャードが持ってきたパン。誤って魔法瓶を路面に落として壊す。午後三時に帰りつく。ドナルドから私の誕生日祝いとして本を贈られる。

ラム島

六月二十七日（日）ドナルドの車で街に出て買い物。一時過ぎ、院生のリチャードが運転する大学のミニバスで、大学院二年目の院生たちとラム島に向けて出発。西海岸の港街マレイグのユースホステルに泊まる。途中、ベンネヴィスは雲に隠れてふもとの方しか見えなかった。

カールの先の２つの峯

二十八日（月）ラム島への船旅は、途中エッグ島に寄って、ラム島のキンロッホ城まで三時間の航海。夕方、自然保護区の首席管理官に会い、ビジターセンターでスライドを見せてもらう。キンロッホ城に泊まる。自炊だがリチャードが担当してくれる。私は見ているだけ。ここにはいないリチャード夫人の優しい影の功を感じながら。

二十九日（火）朝から首席管理官の案内で島の西南部を見る。オルバ

ハリバルからスカイを望む

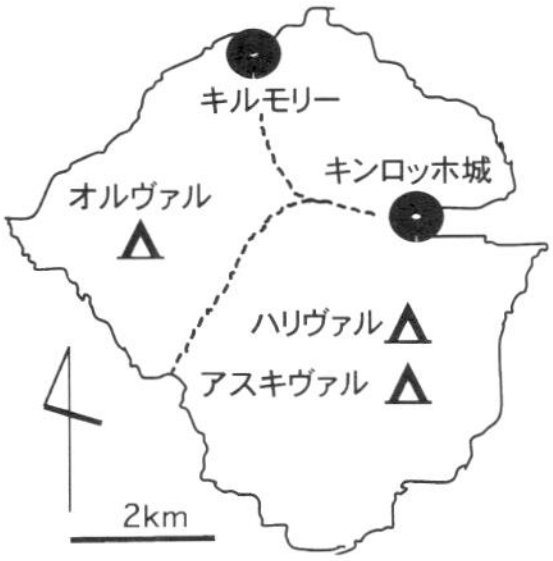

ラム島地図

ルの強塩基性玄武岩の断崖まで行って植物観察。歩いてキンロッホまで帰ったが院生たちの脚は早く、とてもついていけない。リチャードが「彼らは動物専攻だから早い。植物専攻ならそんなに早くない」と妙な慰め方をしてくれる。

三十日（水）朝から管理官の案内で島の北部のキルモリーで鹿の研究をしている女の人に会い、放し飼いのシカにも会う。帰りに院生たちは島の東南部の山地を踏破して帰るというので、同行は敬遠して管理官のジープでキンロッホに帰り、一人でハリバルに登る。院生たちは暗くなってから帰る。かなり疲れているはずだが、平静に夕食を作っていた。こんな冷静な人種を相手に戦争をしたのは、やっぱり間違っていたと思った。

七月一日(木)朝の連絡船でマレイグへ。そしてミニバスでアバディーンに帰る。それからリチャードの車でドナルドの家へ。まことに手のかかる在外研究員ではある。ドナルドの家で牧草の収穫を手伝い、久しぶりに風呂を使わせてもらう。家畜はイヌとネコしかいないのに、こんな牧草何にするのか聞き忘れた。

ベティヒル

七月二日（金）朝、院生たちと共に教室に集合、ドナルド運転のミニバスでベティヒルへ。インバネスを過ぎて、初めてサザーランドの自然に接し、その広いのと自然度の高いのに驚く。今回の実習の拠点となるベティヒルのアバディーン大学野外センターは空いていて、個室を与えられる。炊事係として卒業生の高校教師スチュワートを同行したため、我々がやるのは後片付けだけ。その後は近くのホテルのパブで酒盛り、今夜はドナルドの持ちだった。

三日（土）ネバー川に沿って南下、ブランケット湿原のなかのロッホの岸で花粉分析の実習に使う泥炭層のコア採り。日本なら当然許可が必要だが、許可を受けているのかとドナルドに聞いたら、受けていないという。ここの地主は誰かと聞いたら、知らない、後で調べてみる、とのんびりした返事。地元の人々の泥炭掘りの跡も見たが、植生を残して泥炭だけを取る。うまいものだと感心する。彼らもまた無許可でやっているのだろう。ドナルドが調べた結果は、地主はロンドンに住む貴族だった。それにしても日本では考えられない鷹揚さだ。午後は花粉分析。夜はパブ。今夜は私がおごることにしたが、院生たちは花粉分析が気になるらしく、早々に退

住民の伝統的な泥炭掘り

実習用の泥炭コアの採取

Primula scotiana

北極海に面するスコットランド北海岸

散した。

四日（日）午前は花粉分析を続け、午後はネバー川の対岸のインバネバーの自然保護区に行く。ビーカーピープルの墓など古い遺跡を見る。植物はあまり気にしていなかったが、ドナルドに極地植物を示され驚く。

五日（月）院生たちは朝から花粉分析のまとめ。夕方、ネバー川をさかのぼり、新石器時代の墓、ケルンを見る。院生たちは感激してドナルドに感謝の言葉を捧げる。新しく地質学のボブ一家が加わったため、今までの個室を空け渡し、ドナルドとスチュワートの部屋に移る。夜はまたパブで酒盛り、貸し借りの勘定が混沌としてきた。しかし、ケリーやノニーら女子院生組も加わり、賑やかだった。

六日（火）朝からドナルド運転のミニバスでドンレイの実験用原子力発電所を見学、原子炉の上まで案内され、さらに、所員による説明会が持たれた。院生たちも熱心だったが、残念ながら私には何を話しているのかさえわからなかった。昼食をごちそうになり、帰りにストラシー岬に寄る。古赤色砂岩の断崖の上の草原で、ドナルドがスコッチという名が入ったサクラソウを紹介する。一般の植物図鑑にはない地域限定の希少種だ。この夜の酒盛りもドナルドのおごり。

サザーランドのブランケット湿原

七日（水）院生たちはボブの指導で地質調査の基図つくりの実習。箱尺をいっぱいに伸ばし、大きな声をかけ合いながら勇ましい。午後は自然保護区に行って植生調査。夜はパブで、みな相当に荒れた。

八日（木）院生たちは自然保護区で地図つくりのための測量実習。私は塩湿地の調査。おだやかな一日で、ゆっくり調査できた。夜のパブは健康に良くないと中止。

九日（金）院生たちはセンターの前でトランシットの実習。私は午前はデータの整理、午後は自然保護区で砂丘植生の調査。帰りにNo passingとかろうじて読める戸を開けて近道をして太ったおばさんに見つかり、すごく怒られた。白人の女は、ローマ人相手に戦った女王の血をひいているのか、おそろしく戦闘的だ。ヘイ!カムオンにアイムソーリーと逃げ帰る。

十日(土)朝からドナルド、スチュワートと三人でストラシーから林道に入り、パーサルの研究フィールドを見ようとしたが見付けられず、手ごろなところでブランケット湿原の見学調査。規模が大きく、英軍兵士二人がキャタピラ付の軍用トラックで横断を試み、行方不明になったというウソのようなホントの話がある。午後は自然保護区で砂丘植物の地下部の調査。アンモヒラの地下茎は水平分枝と垂直分枝の二型があり、垂直にもよく伸びることを発見。ラボラントのハーベイが車で迎えに来る。

十一日(日)朝七時半、ハーベイが運転するランドローバーでアバディーンに向けて出発。サッカーの観戦に間に会わないと飛ばす。皆必死につかまっていた。直接ドナルドの家に着けて下ろしてもらう。夕方クリス夫妻が訪ねてくる。静かで美しい夕方だった。

ダンモス湿原

七月十四日（水）朝からチャールスのボルボでダンモス湿原へ。目的地近くになったら路傍にホロ付のジープが止めてあり、その向かいの路傍に人形のように可愛い少年が立っている。少年はイングラムの息子と名乗り、握手を求めてきた。応じて彼の手を握ったが、彼は指を伸ばしたままだった。何か意味があると思ったが、詮索は止めにした。彼の案内で湿原まで歩くとイングラムと同行の女性が二人いた。一人はすでにランノッホで顔なじみの明大の山本教授で、もう一人はトンボの研究をしているメアリと紹介された。現地を歩きながらイングラムの説明を聞くがよく分からない。でも、現物を前にしての説明である。言葉は分からなくても意味は推定できるところもあった。湿原の縁が丸く膨らんでいるところを指さして、中央に向かって高くなるレイズド湿原の泥炭層の形は、じつはダエンであり地上に生じた地下水堆であるという ネイチャー誌に書いた彼の卓見のヒントはここにあったという。山本さんは湿原のミズゴケの間の微小動物を調べており、ビニール袋を裏

谷に発達したダンモス湿原

湿原縁と周辺湿地

ダンモス湿原の中央部

返しにして手にかぶせ、ミズゴケを掴んでビニール袋をもとに戻すと、ミズゴケと水は手を触れることなく採れている。なにげないしぐさだったが、みな感心して見ていた。六時過ぎに帰る。夕食は妻の和子が送ってきた日本製のインスタント食品で済ます。

十五日（木）朝から雨。ベティヒル実習は車代を除いて四二・一三《ポンド》、教室に支払う。

十六日（金）トリゴリのエドさん訪問はレンタカーを運転してゆくことにし、ドナルドにレンタカーの手配を頼む。スウェーデン行きの航空券もドナルド。さすがにうんざりの様子。夕方、ドナルド夫人のイヴに同行してもらって和子に送るタータン地を買う。九七・五《ポンド》。

エドさん訪問

七月十九日（月）昼過ぎ、ドナルドの買い物に付き合う。それからレンタカー会社へ。フォードのエスコートを借りる。七八・七一《ポンド》。非常にパワフル、制限速度一〇〇《マイル》の田舎道を一路ガルフのトリゴリを目指す。ハルガヤの路傍にトリゴリと書いた標識から小路を辿った先に一軒家を見付け、案内を乞うたら若い女性が出てきた。エドさんの一人娘のスージーだった。夕刻エドさんも帰ってきて、話尽きず。牧場を案内してもらう。コテージに泊まる。広い牧場だが、隣とは牧場の植生管理の見解が異なってトラブっているらしい。

二十日（火）朝食もそこそこにA835を西海岸に向かう。レッドモアからさらにA837を北上、右側の山地が退いてブランケット湿原が広がったあたりで引き返す。ウラプールで方向転換のためバックしたとき、尾部がガードレールに触れてテールランプのカバーを破損。途中でA832に入って、七時過ぎにトリゴリに帰る。エドさんのスライドを見る。英国留学の先鞭をつけた私の先輩、小田さんが映っていた。初めて見る滞英中の小田さんの姿だった。

二十一日（水）朝エドさん一家をカメラに収め、一路アバディーンへ。昼ごろ車を返す。テールランプの件はOKといっていた。それよりも洗面具ケースを車に忘れ、電話があって再び店にゆく。夕方アジムがインド料理のレストランでカレーをご馳走してくれた。彼の帰国に際して、日本から持ってきた太陽電池付のパソコンをプレゼントしたお礼のようだ。すでに帰宅していたドナルドに、無事帰ったことを電話で報告したら、グレートを連発していた。

入植当初の旧母屋前にて

トラネローズ湿原中央部

スウェーデン訪問

八月九日（月）昼の飛行機でアバディーンを発ち、コペンハーゲンへ。さらに船とバスを乗り継いでスウェーデンに入る。バスが止まると、腰にピストルを下げた武張った男が乗り込んできて、乗り合わせた馴染みの客に愛想をつかいながら、馴染みでない私を見つけて旅券を見せろという。それだけで入国手続きは終わり、サンキュウと出て行った。マルモ駅前のバス停にルンド大学のニールスが待っていた。彼の車でルンドへ。街を案内され、夕食をご馳走になる。標本館の屋根裏部屋（ゲストルーム）を与えられる。無料だという。夜の標本館は人の気配がなく不気味だが、気楽なうえに静かでいい。トイレ付で階下にはシャワーもある。

十日（火）朝ニールスの研究室を訪ねると、生態学教室全体を案内してくれた。設備がよいのに驚く。午前にニールスの車で陸化型のレイズド湿原であるトラネローズ湿原に案内される。ニールスが持参した保冷ケースのなかの豪華な昼食は、おそらく彼の奥さんによるところが大きいと思われた。夕刻標本館に帰り、再びニールスが迎えに来て彼の自宅へ。ソーネッソン教授夫妻といっしょに夕食をご馳走になる。

十一日（水）ニールスの車でマルモ空港へ。そこからストックホルム、ルレアを経てキルナまでスカンジナビア航空。パイロットは空軍上がりで操縦は乱暴だと聞いていたが、まさしくその通り、大

構造土の一型、条線土

ニューラ山から北を望む

型機なのに窓から見る地平線が垂直に近くなることがあった。しばらく雲の遥か上を飛ぶ。あちこちで入道雲が頭をもたげ、雲海はナマコの背中のようだ。途中ルレアをキルナと間違えて降りてしまい、空港のお姉さんに手をとられて離陸間際の飛行機に「待って頂戴」と手をふりながら駆け、飛び乗る。飛行機の飛び乗りは初めてだ。何ともバツが悪い。キルナ空港からバスでキルナ駅に行き、そこから列車で、東アビスコで降りる。針葉樹林のなかの何もない駅。スウェーデン科学アカデミーの野外研究センターを管理する気象学者のビヨンがその息子の少年と一輪車を持って待っていてくれた。ニールスの依頼によるソーネッソン教授の連絡によるらしい。センターのツイン一室を占領させてもらう。トイレとシャワー室が付いていていた。センターを案内してもらったが、先月会った英国ウッドウェル研究所のキャラハム博士がスタッフと滞在中だった。自炊だが最初の夕食はビヨンの家でご馳走になる。明日からの食糧確保のため、駅の隣のスーパーに行ったら、小さい店で食用油も自転車の油も一緒に売っている。スウェーデン語で表示があるが読めない。店の親父さんに英語で聞いても通じない。途方に暮れた。英語が使えない恐ろしさを肌で感じた。トナカイの皮の上履きも売っており、欲しかったが面倒なので買わずに帰った。

構造土の一型、亀甲土

極地植物 *Betula nana*

十二日（木）朝からニューラ山に登る。リフトがあり、センター宿泊者は申告すれば料金は不要ということなので、半信半疑で申告したら本当に料金不要になった。ビヨンの息子を見かけたが、私の申告がもたついたら助け舟を出すつもりだったのかも知れない。山の肩までリフトで登り、後は歩いて頂上に向かう。途中で食用蛙の鳴き声？と思ったのはトナカイの群だった。崖の上から見ると、リーダーだけ首に缶詰の空き缶をつけている五〇頭くらいの群、明らかに人に飼われている群だった。ハイカーが三方から接近して写真を撮ろうとするが、ある程度まで近づくと逃げる。上から見ていると、逃げ始める距離はわりと正確に決まっているようだ。それでも写真家たちは執拗に迫るので、最後はリーダーが先頭に立ち、列をつくって隣の山に移動して行った。

ニューラ山は高原状の山で、いろいろの構造土が見られて楽しい。亀甲土など写真ではお馴染みだが、現物は初めて見た。地面にへばりついている、それでもカバノキ、*Betula nana* は極地植物だ。北に広がるトーネトルスク湖の向こうの雪の山は世界の秘境ラップランドだ。行ってみたいが飛行機をチャーターしないと無理だという。

山から帰って夕刻、昨夜紹介されたオーストラリアの老教授と図書室で

プラトー上のグダール夫妻とビヨン（右）

バルサの脇に立つ筆者

会い、話をしているうちに憧れの群集統計学者グダールその人と分かり仰天する。

十三日（金）センター勤務のアンダーソンに案内されて近くの湿原を見る。その後、彼と別れて散歩道を歩き、多くの構造土を見る。夕方ウプサラ大学のカートが奥さん同伴でセンターを訪れた。私の車軸藻の論文を認めてくれた初めての海外研究者だ。会うのは初めて、まったくの奇遇だが、彼は「地球は狭い」と言った。彼の宿舎に呼ばれ、エビ料理をご馳走になる。ビヨンは「お前はいったい何者か？ここに来る人は皆お前を知っている」とあきれ顔だった。

十四日（土）グダール夫妻に誘われ、ビヨンの車で湖岸沿いに東に行き、いくつかのアーパ湿原を訪ね、パルサやプラトーを見る。ビヨンがサーミスタをプラトーに差し込むと、地表近くは一二～一三℃なのに、みるみる温度が下がり、地下四〇㌢前後で固いものに当たり、示度は〇・一～〇・四℃になる。「永久凍土だ」とビヨンはいう。地表に盛り上がっているパルサやプラトーの本体は氷だという。本で読んだことはあるが、実際に遭遇するとすごい迫力だ。

十五日（日）一人でニューラ山の裾を東南に森林限界まで行ってみる。

山支度の若者たちはどんどん先に行くが、私はここまでと引き返す。もう二度と来ることはないだろうから、ここが我が生涯の限界と粛然とした気持ちになる。夕食後グダール教授夫妻のお茶の会に招かれた。アンダーソン、ビヨン、カート夫妻、キャラハム博士、それに私、フィンランドの若者一人も加わり、楽しい夕べであった。

十六日（月）午前十一時の列車でビヨンに見送られてアビスコを発つ。キルナで乗り換えだったが、列車は時間単位で遅延。もともと鉱石を運ぶ列車で、時間表などあって無きが如しという。二等寝台車は満席で眠れぬ一夜を過ごす。

十七日（火）朝九時ストックホルム着、ストックホルムはお伽の街だ。海軍兵学校の生徒に会う。昔あこがれた短剣が腰に光っていた。中華食堂で昼飯を食べ、二時の列車でルンドへ。夕暮れのホームにニールスが待っていてくれて、再び博物館の屋根裏部屋に落ち着く。

十八日（水）朝、ニールス研究室のボーに案内されてフジェール湿原へ。炭素が糖のかたちで植物の根から泥炭に浸み出すこと、へザーが小凸地の骨格をつくることなど、彼がこの湿原で行った研究の論文別刷りをもらい、説明も受ける。番外で彼が語ったスウェーデンの政情なども面白かった。どこでも若者は不満で先鋭なんだと思った。

十九日（木）同じくニールス研究室のゲスタに南スウェーデンの北東部を案内してもらい、低層湿原、マツ湿原、自然林などを見てまわる。彼もスウェーデンの国内情勢には不満があるらしく、独善的な軍の実態などを話してくれた。

コモッセ湿原（人物はハンス）

マツ湿原

二十日（金）ニールスにコモッセ湿原を見たいと話すと、さっそくアレンジにかかってくれた。そこへアバディーンのリチャードから電報が入る。「至急奥さんに電話連絡せよ」と。スウェーデンでは電話局から交換手なしで直接に国際電話がかけられる。福島の自宅にかけたが留守、高萩の家にかけたらおふくろがでて、親父が入院した、腹水が溜まっている、帰れるなら帰ってきて欲しいという。

ニールスからは、コモッセにはハンスが同行する。列車でユンケピングまで行き、一泊してレンタカーでコモッセを往復、その日のうちにルンドに帰る、ただしハンスは車の運転ができないのでお前（私）が運転するという計画を示された。帰国が一日おくれるが、千載一遇のチャンスである、ということでコモッセ行きを決意する。夕方、ハンスと共に出発。

二十一日（土）朝レンタカーでコモッセへ向かう。コモッセはオズワルドの画期的な研究がなされた、湿原生態学の、いわば聖地である。尾瀬ヶ原よりは伸び伸びと大柄な感じがした。残念なことに時間がないうえフィルムを切らし、時間がなくて記録も十分にはとることができず、せっかく現地に行ったのに、相変わらず幻の湿原として私の記憶のなかに残ったままとなってしまった。ニールスの提示によれば、標高三二五～三五五メートル、年平均気温五℃（七月一七℃、二月零下二℃）、年降水量八〇〇ミリ、面積五六〇〇ヘクタール、最深積雪二〇〜三〇センチ、積雪期間一〇〇日、泥炭層の厚さ最大八メートル、平均三・五メートル、地下水位の年変動はプラトーで一・二〜三センチ、ローンで六〜七センチ。夕方バスと列車を乗り継いでルンドに帰る。

二十二日（日）朝ハンスが来てくれ、いっしょにマルモへ。若い日本人女性がやっている販売店を訪ねたが、日曜で航空券は買えないと分かり、船でコペンハーゲンのカストラップ空港へ。ハンスも心配していっしょに来てくれた。ここでも窓口では航空券は買えず。私はあきらめかけたがハンスはあきらめない。窓口で教えられた業者に連絡して、ようやく当日の航空券を手に入れる。本当にお世話になってしまったハンスとゲートで手を振って別れ、午後一時のエアロフロートに乗る。モスクワ経由で一路瀕死の親父が待つ祖国へ。

グレンダロ―のブランケット湿原

アイルランド訪問

九月六日（月）午前六時ヒースロー空港着、九時過ぎにアバディーンのチャールスに電話。先月三十一日の電話で、成田発が六日でダブリン着が七日と受け取られていたようで、チャールスはすぐダブリン大のムーワ研究室に連絡してくれた。ダブリン空港にはムーワ研究室のジェリーが待っていてくれた。彼の車でダブリン大学の寮の一室に落ち着く。

七日（火）九時半、ジェリーが車で来てダブリン大学に案内される。午後、ダブリンの南の山地に広がるグレンダローのブランケット湿原を見る。アイルランド政府は生産性の低いブランケット湿原の表層を剥いで溝をつけて排水を良くし、生産性の高い草地に変えるという計画を持っており、この湿原でも重機が動いていた。帰りにグレンダローの教会遺跡も見学。

カルバリー湿原

八日（水）九時半、ジェリーが来て、アイルランド中部のイーデンデリー近くの湖が陸化してできたカルバリー湿原、スロー近くの、同じくモウゴン湿原などを案内してくれる。終日の野外観察となった。

草地に改変中のブランケット湿原

九日（木）午前中、部屋で休む。正午、街をぶらつく。午後一時過ぎジェリーが来て、アイルランド中部のポラードストーン低層湿原などを案内してくれる。途中ホテルのパブで昼食を摂ったが、メンデルスゾーンの「春の歌」が流れていた。どうもアイルランドは時代が少し遅れているように思われた。帰って一休みして、午後六時四十五分にまたジェリーが来て、ダブリン北部のレストランでご馳走になり、カントリー楽団の演奏を楽しむ。アイルランドでカントリーというのは日本でいうウエスタンで、食器のスプーンを両手に二、三本ずつ持って　叩き合わせてリズムをとるなど、

オーエンダフ付近のブランケット湿原

面白く印象的であった。楽しいダブリンの夜であった。

十日（金）十時過ぎ、ジェリーの車で西に向かう。途中の街で昼食をとって一休みしたとき、ジプシーの少女に金をせびられる。脇からジェリーが怖い顔でノー！といったら逃げていった。日本人は好人物が多いのでなめられている。下手をすると少女の親が出てきてゆすりをかけるから気をつけろとジェリーはいう。大西洋岸北西部のメイヨー州のオーエンダフ湿原を訪ねる、昔、タンズリーの教科書で見た懐かしい景観のブランケット湿原である。しかし、ジェリーはタンズリーが貴族の別荘を転々としてあの本を書いたと批判的であった。その湿原も、ヒツジの過放牧と火入れで荒れ、ミズゴケ類は非常に乏しく、一部の小凸地に僅かなチャミズゴケとムラサキミズゴケを見たに過ぎず、私にとっても幻滅の湿原だった。ここで日が暮れ、宿をウエストポートにとり、クルー湾に面したパブで夕食をとる。ギターと唄の生演奏があり、しみじみとした思い出の夜となった。

十一日（土）閉まっている商店、ウシがのんびりと道を塞いでいる。アイルランドは平和な国だ。それでも南西部の峡湾はナチスのUボートの休憩地になっていたとジェリーはいう。夕方ダブリンに帰り、ジェリーの家に招かれて夕食をご馳走になる。

十二日（日）終日宿に籠る。おふくろが一人だけ残る高萩の家のことを思う。

十三日（月）午前、お土産が気になり、街に買い物に出る。隣の奥さんに似合いそうな黒いレースの肩掛けを買う。また、ドナルドのため黒ビールを買う。「アイルランドに行ったらスピリッツを味わって来い」とドナルドに言われ、「アイルランド魂を勉強して来い」という意味かと思っていたが、スピリッツは黒ビールの銘柄の名前だったのだ。午後、海岸の植生を見に行く。夕食のとき、自称ドクターというのが寄ってきて、話を交わす。話をしているうちに頭がおかしいと分かる。ダブリンとは不思議な街である。

十四日（火）朝五時に、頼んでおいたポーターに起こされる。七時にジェリーが来て、空港まで送ってもらう。小さな飛行機で、中継基地グラスゴーで改めてスコットランドへの入国審査を受けたが、八頭身美人の審査官の発音が聞き取れず、ダブリンがドップリンと聞こえて戸惑った。審査官のお姉さんも、やっとまともな返事が返ってきたところでフーッとため息をついていた。小さな飛行機は低く飛ぶため、思いがけず遊覧飛行のような楽しい空の旅となった。馬で農道を急いでいた男が手を振ってくれる。午前十時すぎ、小型機にしては広すぎるアバディーン空港の滑走路に着く。ドナルドが迎えに来ていた。教室に行ってチャールスに会い、いろいろお世話になった礼をいう。彼は、わが親父のために丁重な弔意を述べたが、残念なことに例になく難しくてよく分からなかった。これからの宿はジョンストンホールズとなり、夕方ヒルヘッドに留守中の郵便物を取りに行ったが、何もなかった。

廃村の別荘

十月十六日（土）十時にドナルドが迎えに来る。それまで実験室で測定。ドナルドの家で干し草のビニール掛けを手伝う。その後、イヴ、ダグラス、犬のサムと共に、ドナルドの父君の別荘を目指してアバディーンを離れる。ベンネヴィスは今回も雲のなか、シール湖北端のグレンフィナンの記念碑、モイダート湾岸の七本の記念樹を見て、廃村スメルサリーの一軒のロングハウスへ。そこでドナルドの両親、ワルターとローナに迎えられる。ロングハウスは古式の農家で三区画あり、入り口正面の幅の狭い区画が農機具の置き場、その右の区画が作業場、左が居間になっている。壁は、古式で

独立戦争記念碑（グレンダロー）

は泥炭ブロックを積み上げたものだが、今は石を組んだものだ。天井は草ぶき、床は石畳であるが、居間は意外に温かく住みよい。その外側に水場があり、トイレ小屋もあり、ケミカルトイレが置いてある。ワルターは農夫ではなく、デニーの造船技師であるが、趣味で古式の農家を別荘としてもっぱら居間だけを使っているようだ。結構広くて、ドナルド一家と私まで含めて悠々暮らせそうである。

十七日（日）朝十時過ぎ、ドナルドとシール湖南端にあるクライシュ湿原を見に行く。レンジャーのジュリーが湿原まで船外機付のゴムボートで送ってくれる。クライシュ湿原はほとんどシール湖の水に覆われ、無数の小凸地が水面の上に頭をもたげている。天候は極めて悪い。一時にジェリーが迎えに来たが、湖上は風が強く波頭が千切れ飛ぶ。顔を濡らしてボートを降りたら、ドナルドが「トシ

珍しいナラの自然林

クライシュ湿原の筆者

はロッホの水で顔を洗った」と笑う。ジェリーの家で、訪れていた三人の若者と昼食を摂る。その後トイレを借りたが便秘と出血。夕方暗くなってスメルサリーに帰り着く。

十八日（月）朝、ダグラスがむずかり、ワルターとローナが夫婦ゲンカ。昼近く、海岸沿いにサナラマンホテルまで歩く。ホテルのパブでギネス、グレンリベット、それにチャールス王子が七人のハイランド領主たちに贈ったという銘柄のブランデーをご馳走になる。夕方暗くなって渚近くに置いてあったワルターのボートを陸に上げようとしたが、ワルター、ドナルド、それに私の三人力でも上がらず。

十九日（火）朝、スメルサリーの村落跡を見学、遅い昼食後、ムル島に向かう。途中、峡湾の奥で車を止め、北の山肌を徒歩で登ったところに鉱山の跡があり、木箱に入った岩石のコアが捨ててあった。ドナルドによると、この辺りはストロンチアンという村で、ここで掘られた鉛の原石から新しい元素が発見され、ストロンチウムと名付けられたそうである。ドナルドは鉛の原石は重いから文鎮になると日付を刻んで贈ってくれた。グレンギール沿いに残る落葉広葉樹林の秋が美しい。ロッホアラインから船でムルの瀬戸を越え、フェロンモアの仕事場でゴードン夫妻に迎えられる。

仕事場の軒に使い古しのホタテ養殖籠がブラ下がっていた。ゴードンによれば日本から来たという。いったいどんなルートをたどって青森からここまできたのだろう。夕刻暗くなってエラブスのゴードンの自宅に招き入れられ、ドナルド一家とは別の一室を与えられる。

二十日（水）午前、ゴードン夫人アレスの案内で、かのメンデルスゾーンの「フィンガルの洞窟」のあるスタッファ島を望む海沿いのブランケット湿原を見る。また、岬でイチイの化石を拾う。午後はドナルド一家とアレスと、アイオナに渡ろうとフィオンフォートまで行ったが、船の便が悪く、引き返した。

二十一日（木）正午近く、ゴードンの仕事場に行き、ムール貝の選別を手伝う。オークバンクのパブで昼食、支払いは私の持ちとする。午後ロッホベッグの奥の湿原を見学。雨でしたたかに濡れ、キンロッホの近くのパブでギネスをおごられる。

二十二日（金）午前、ゴードンとドナルドと私でアイオナに渡り、英国最古の修道院を見学。帰って、午後遅く近くを散策、ゴードンの友人の家二軒を訪ねる。二軒とも若い夫婦で、家は自家製、屋根だけはプロに頼むらしい。そういえばアバディーン郊外のドナルドの家も、石を積み上げた外郭だけの家を買って、床や天井など、内装はすべて彼の手作りで、屋根だけはプロの助けを借りたといっていた。家の自作はスコットランドの風習とみられる。帰りにまた雨、みなしたたかに濡れて帰る。ゴードンの息子のリチャードがむずかる。そんなのを尻目に、あてがわれた部屋で着替えをしていたら、様子がおかしい。アレスが激しくわめき、ゴードンが必死で慰めている。その騒ぎの原因はどうも私にあるらしい。客人として礼儀に欠けるという非難だった。ついにゴードンはアレスを外に連れ出し、説得を重ねて、ようやくアレンの機嫌は収まった。イヴは、日本と英国の風習の違いで仕方がないとつぶやく。本当ならば、己のことなど後回しにして熱いコーヒーでも準備して、皆を労うべきだったのだ。私は、いまさらながら己の至らなさに気付き、冷水を浴びせられたよう。そういえばドナルドも、客人は家の仕事を積極的に手伝うべきだと私を督促していたのを思い出す。

二十三日（土）朝十時ゴードンの家を辞し、一路アバディーンへ。ただし、ストロンチアンには行かず、コランの渡しを越えてフォートウイリアムで昼食。ベンネヴィスは雪を被ってほぼその全容を現していた。クライゲルアーチのホワイトホースの醸造工場の門前でドナルドに写真を撮ってもらい、アビモアで休み、本を三冊買う。

ドナルドの故郷

十二月二十四日（金）今日もゆっくり起きる。十一時すぎにドナルドが迎えにきて、イヴの母親のウイニーの家へ。それからドナルド家の三人と一頭、それにウイニーと私、ドナルドの車でデニーのワルターとローナの家へ。家

英国最古のアイオナ修道院

アイオナの瀬戸を背に筆者

後片付けをするドナルドと筆者

にはドナルドの妹のクリスティもきているという。楽しいクリスマスになりそうだ。

二十五日（土）朝、便秘。クリスマスギフトの交換としてイヴの指導で準備したもの、クリスティにはメモノート、ウイニーには首飾りと赤いネクタイ、ローナにはキルトの襟巻、ダグラスにはカップ、ドナルドには私が使っていた日本製の太陽電池付電卓、イヴにはジャンプ豆、夜はクリスマスパーティー、クリスティの乳母夫婦も参加、賑やかだった。七面鳥がうまい。

二十六日（日）今朝も便秘。かなり長い散歩につきあう。南スコットランドのゆるやかな起伏の田園地帯が美しい。夕方、昨夜の残りの七面鳥でランチ。テレビを見て、午後十時にハッギスによるディナー。下剤を飲んだら少しの通じがあった。ワルターが集めたフォークのレコードから、気に入ったものをテープに取る。

二十七日（月）朝、ワルターの車でドナルドとフォース湾沿いに石油コンビナートを抜けてドナルドの上の妹ダーシャのアパートへ。帰って荷物をまとめ、昼過ぎ、ワルター達に別れを告げて一路アバディーンへ。グランピオン越えの峠道途でグレンフィディックの醸造所を望む。「行ってみるか」とドナルド、ノーと答える。アバディーン郊外のウイニーの家で一休み、未亡人はネコが好きらしい。いっぱいいいた。ヒルヘッドに帰ると、モハメドが留学生の玲子の部屋でスライドを上演している。勝手な男で腹が立ったが、玲子の態度は立派だった。

さらばアバディーン

一月九日（日）午前、思い出のヒルヘッドからアバディーン大学構内の写真を撮ってまわる。ヒルヘッドでは玲子に会い、しばし駄弁る。夕方、ワインを持ってクリスの家を訪ねたら、どうも様子が変だ。いきなり車に乗れという。暗いなか、どこをどう走ったのか、着いたところはドナルドの家だった。アジムがいたので「何だ君もいっしょか」という間にチャールスをはじめ教室のみんながぞろぞろ出てきて、はじめてサプライズ嗜好の送別会だと分かった。アジムもひっかかったらしい。夜更けてクリスの車で送られて帰寮する。

十日（月）午前、小包を出す。木村君に手紙。昼、玲子の部屋で和食のランチ。玲子の友人であるドイツのクリスとインドのナデニが同席。夕方、ドナルドに迎えられて彼の家へ。帰りしな、玲子が明日の弁当をつくっておくから立寄れという。

ウエールズへ

一月十一日（火）早朝、ドナルドに送られてまず玲子の部屋へ。昨夜つくったサンドイッチを窓の外にぶら下げておいたものを受け取る。それから駅へ。ドナルドと、さりげない最後の別れ。薄暗い低いホームに黙って立って見送ってくれた彼の姿は終生わが瞼の底に残る。エディンバラ城を後ろにみて、いつしか列車はスコットランドを越え、イングランドを南下、クルーで乗り換え、バンゴアへ。タクシーで北ウエールズ大学構内に入ったもののその先が分からない。何とか植物学学部にたどり着き、ハーパー先生の弟子秘書のウォーレスに会うことができた。英国人女性にしては小柄で可愛いい。植物学学部は小さいが全体的に高度で理知的な雰囲気がただよう。彼女の小さな車で、ヒラリーが予約しておいた駅前旅館に落ち着く。

ハーパー研究室の培養実験

十二日（水）九時半、ウォーレスの部屋へ。まずダビドに会い、彼のテーマである植物の葉群の種内種間の関係について話を聞く。次がクリスチーヌの予定であったが、彼女が遅れて話を聞けず。次にハーパー先生に会い、昼食をはさんで研究室全体の話を聞く。午後ガラス室をヒラリーに案内してもらう。午後のお茶の後カタリーナにヤナギを使った樹の性による成長の違いとその意義についての話を聞く。夜、ドナルドに手紙を書く。

十三日（木）午前、ドナルドに手紙を出し、大学に出てラルフの牧草の被食抵抗とそのモデル化についての話、クリスチーヌのサクラソウの、タンパクの電気泳動の類型を用いた遺伝子組成、花粉や種子の大きさと飛散距離の違いを用いた生態学的特性群の識別による個体群の抽出の話などを聞く。午後ハーパー研究室の実験用の草地を見学、案内したローリイの葉個体群の消長の観察実験の話、同じくジャヤシンガムのキク科牧草の消長の観察実験の話などを聞く。ふつうの牧草地で世界に注目される植物個体群生態学の業績が次々と生み出されているのに感激する。夕方街に出る。ロンドンまでの切符を買う。

十四日（金）午前、ミグエルの木の芽群コヒアの密度効果の話を聞く。篠崎さんのパイプモデルが有用なので勉強したいから、篠崎さんに紹介してくれと頼まれる。えらいことになった。午後、付属の植物園を見学、その教育効果には見るべきものがあるだろうと感じた。

ロンドンへ

一月十五日（土）チャールス、鈴木、植木、斉藤らに手紙出す。十時五十分の列車でロンドンへ。午後三時十五分ユーストン駅着、タクシーでウェストフィールドカレッジへ。中央受付もすぐ分かり、ドナルドの要請でクライモ先生が私のために確保した寮の屋根裏部屋に落ち着く。中央食堂で夕食。屋根裏部屋はいくつもあり、どれを使ってもよいというが、暑くて眠れない。

十七日（月）朝、下痢。夕食に食った蒸したホウレンソウの団子が怪しい。クライモを訪ねたが、忙しいということで、水曜日に会う約束をして、あいさつだけで別れる。キューの植物園に行ってみたが、腹具合が悪く、午後早々に帰る。帰って激しい下痢。夕食も摂らず、早々に寝る。

十八日（火）夕べから今朝にかけて下痢三回。今日は一日寝て暮らす。

十九日（水）朝、クライモに会う。十時の約束を九時半と間違えていた。湿原の泥炭層での泥炭の分解がゼロではないため、泥炭層はある厚さで供給される物質の量と分解される物質の量が同じにな

ウインザー城の筆者

り、泥炭層はそれ以上厚くならないという話を聞く。女子学生に案内され、中庭に設置された実験装置を見に行く。私も湿原表層の通気層での分解を加味した実測をしていると話したら、その論文を見たいというので、別刷りを送る約束をする。ロンドン在住の日立一高後輩の広瀬に電話、明日五時半に会う約束をする。午後、バッキンガム宮殿を見て、日本食堂で山掛けとろろを食う。夕方ドナルドに手紙を書く。夜、トイレで大出血。

クライモ研究室のミズゴケ培養

二十日（木）朝、トイレで大出血、そして便秘。ドナルドに手紙を出した後、一日中医者探し。電話帳で日本人の医院を探して電話したがつながらない。寮の受付の連中に聞いて日本大使館の情報センターに電話したが、同じくつながらない。ついにクライモ先生の秘書に泣きつき、大学の診療所に明日九時の予約を取り付ける。約束通り五時半に広瀬が来て、夕食を共にする。

二十一日（金）今朝も便秘、そして出血。広瀬が九時半に来たが、私が医者に行く間待つという。準備もなしに診察を受けたので、こちらの英語が通じす医者は事情を掴むのに苦労したようだ。診断は痔で、便秘をしないよう穀類を多く摂れという指導を受け、処方箋をくれた。驚くべきことに、私は未だアバディーン大学診療所の医師を主治医としており、その了承を得たので診察費は免除だという。十時半過ぎ、ようやく広瀬の車でウインザー城に向かう。ウインザー城は素晴らしい所だが、カメラを忘れて来て、大いに悔やむ。日本の皇太子が留学していたイートン校も見てロンドンに帰り、広瀬のオフィスで一休み。薬屋の前で下してもらう。夜も出血と便秘が続く。

二十二日（土）朝、ピカデリーまで行ってうろつく。三越前でクラブ勧誘の変な男につかまったが、ノーといって振り切る。後で広瀬に話したら、それは強盗だという。また、ポンドが安くなっているので、なるべく英国で使ってしまえというので、日本人経営のハノーバーハウスでかなりの買い物。しかし青い目のチンピラが多く、店を閉めている所も多い。大英博物館に行く。見学無料でガランとした感じ。夕方、急いで帰って荷づくり。広瀬が迎えに来て彼の家へ。久しぶりに風呂に入り、寿司をたらふくご馳走になり、そのまま泊まる。広瀬夫人の接待も良く、久しぶりに楽しい一夜を過ごす。持つべきものは友達だとつくづく思う。

スイスへ

一月二十三日（日）朝、広瀬に起こされる。美味しい朝食のあと、彼の車でヒースローへ。そこで広瀬と別れ、チューリッヒへ。正午チューリッヒ着、タクシーでアバディーンで予約しておいたホテルへ。大きなホテルで、なかで迷いそう。夕食はホテルのレストランで鍋もの、大変うまかった。

シュタインアムラインの街並み

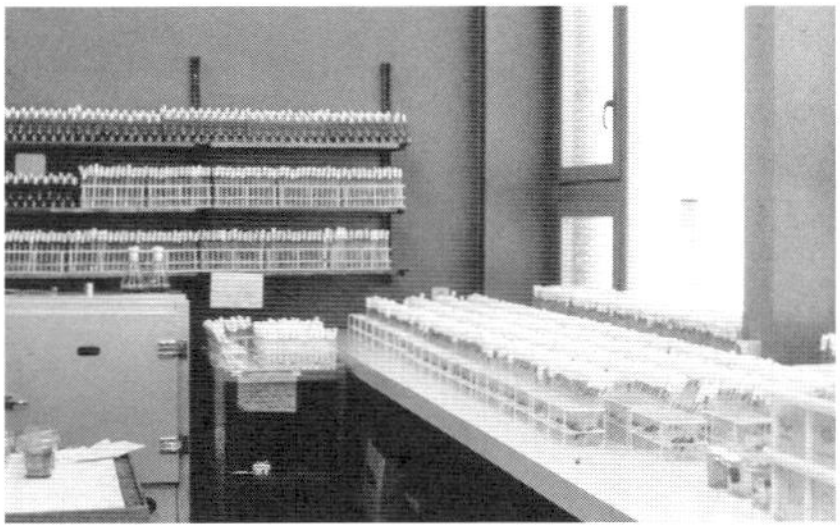

エリアス研究室のウキクサ株

二十四日（月）朝からチューリッヒ市内をぶらつく。チューリッヒは坂の街だ。市内電車（トロリーバス）に乗る。チューリッヒ工科大の、かつてはアインシュタインも利用したかも知れない学食で昼飯、植物地理学研究所の建物を見当付けて帰る。

二十五日（火）早々に研究所を訪れ、エリアスに会う。マッターホルンが日帰りで行けるから行ってみたらと勧められ、交通機関と時間を調べてくれる。所内を案内され、昼前に辞す。午後、ホテルの前の電車の時間を調べ、国立博物館を見学。スイスの銀行の大きいのにも驚く。夕方トイレで多少出血。

二十六日（水）朝七時の列車で、ベルンから中部スイスを縦断し、ツエルマットへ。ツエルマットは圧雪の上を橇馬車が走っていた。登山電車でゴルナグラードへ。残念ながらマッターホルンは雲のなか、それでも氷河は青いと驚く。予定より早く帰る。午後八時チューリッヒ着。駅前の食堂でサーロインステーキを食う。まさに陸の刺身。

二十七日（木）朝、ルツェルンに行き、登山電車でピラトースに登る。アイガーやユングフラウなどの山々を望見す。亜高山帯針葉樹林がすばらしい。交通博物館をみる。飛行機の展示がすごい。

二十八日（金）朝、家へ小包、ドナルドに手紙を出す。郵便局で英語が使えず、居合わせた客に通訳してもらう。スイスはイギリスに特別なうらみでもあるのか？平和な国と伝えられているが、いたるところで鉄砲を持った国軍の兵士に会う。時間つぶしにシュタインアムラインへ。中世のおもかげを色濃く残す、しみじみとした小さな町だ。

二十九日（土）午前、リギに登る。降りてふもとの駅アルトゴルの食堂で見知らぬ地元の男にコーヒーをおごられる。そこで、スイスアルプスの登山電車はイギリス人のために使われた輿を発展させたものであること、スイスは隣国の大国ドイツに苦しめられているが、日本も中国で苦労しているだろうこと、などを話す。

三十日（日）朝、ホテルを出て、タクシーでチューリヒ空港へ。途中でホテルの部屋の鍵を返すのを忘れたのに気づく。運転手からホテルのデスクが空港にあるからそこに返せばいいと教えられる。デスクの係はＯＫと簡単に受け取ってくれた。零時十分チューリヒ発のスイス航空19Ｌ1便で、懐かしの、そして世界広しといえども私がそこでしか生きられない祖国、日本に向かう。真昼のエーゲ海のエメラルドと、日暮れてアラビアの砂漠の空に懸る月がきれいだった。

長沢鼎のこと

昭和五十七年四月一日（木）午後一時五十四分、ＪＲ福島駅を発つ。

二日（金）　朝七時ヒースロー着。十時四十分アバディーン着、ギミングハム先生の出迎えを受ける。私にとっては手で下げるのもやっとという重いサムソナイトを彼チャールスは片手で軽々とマイカーのトランクに入れる。細身に似合わず力持ちと驚く。終日チャールスのお世話になり、夕刻ヒルヘッドの学寮のゲストルームに落ち着く。

三日（土）　午後、昨日馴染みとなったギミングハム研究室の大学院生のリチャードとアジムに誘い出され、アジムと同郷のバングラディッシュ出身の化学講師アデイクを訪問する。途中のシートン公園はスイセンの花が見事だった。リチャードによれば、ほんのここ一週間の間に咲いたという。化学教室の日本人留学生「堤」の話が出る。夕刻街に案内され、ヘアクリームを買い、独りタクシーで帰る。

四日（日）　痔が悪化したらしく痛む。家に電話しようと国際電話のオペレータを呼び出したまではよかったが、言葉が通じず中止。韓国製のカメラもリュックのなかでマキロンをかぶり、ゴムが溶けシャッターが下りなくなった。「堤」が訪ねてくるかも知れないと思い、終日待つ。しかし、来なかったので夕刻バルゴニー橋付近を散策、路傍の雑草も見慣れないものばかり、早くも望郷の念に駆られる。

長い旅路の果てにたどり着いたアバディーンは、何もかも異様で馴染みのない、まさに異郷であった。でも、始まった留学生活は後戻りできない。十ケ月先の留学明けがものすごく遠くに感じられた。

追々知ったことだが、この馴染みのない街にも日本人は一〇人近くいた。その多くは家族で来てお

長沢少年が通ったであろうシートン公園の園路

追撃してくるはずだ。しかし、彼は「つまんねえの」という顔はしたが、小さな子を無言で見送っただけだった。この様子をみて、青い目の連中がおしなべて冷静で理知的なのは、ひょっとして遺伝的なものではないかと思った。

一八六五年（慶応元年）、薩摩藩は一九人の留学団を、英商人トーマス・グラバーの仲立ちで、英国に派遣した。密出国である。そのなかに弱冠十三歳の長沢鼎がいた。藩校で成績優秀だったとはいえ、まだ子供である。そんな未成年者をわざわざ加えた薩摩藩の思惑は何だったのか？

薩摩藩は生麦事件や薩英戦争でいやというほど西洋人が如何なるものか味わっていた。嵐のなかの咸臨丸で、如何に日本人船員が意気地なく、万一の用心に乗り込ませた青い目の水夫たちが、如何に成すべきことを成し、嵐を乗り切ったか聞いていた筈である。そうした青い目の生来的なものをものにするには、大人の学習ではなく、未熟な子供の体験に限る。そう考えたのではないか。

さて、四ヶ月半の長い航海を終えてロンドンに着いたあと、長沢だけはさらに北の果て、アバディーンに向けて旅を続けた。ロンドンの駅頭で見送った一行の一人、森有礼が、「剛毅な人」と称賛の辞を残しているが、おそらく長沢にはすでに織り込み済のことだったろう。アバディーンではグラバーしようということになり、時差が少なく自然の豊かなオーストラリアがいいということになった。海外旅行には腰の重い老妻を引っ張り出すため孫娘二人も同行させようということで、結構な家族旅行となった。以下はその旅の記録である。

ウルルとカタジュタ

平成十八年十一月二十四日、九時四十五分、21番ゲートから搭乗。十時五分、カンタス航空０９８８便にてエアーズロックへ。席は10Ａで、機首に向かって左の窓際。翼からも離れていて下界がよく見えた。窓に食らいついていたら、みんなから「子供みたい」と笑われたが気にしない。夏雲の浮かぶ耕地の上、そして海岸を離れると雲も無い。間もなく耕地もきれて原野状の地をしばらく飛ぶ。川沿いに濃い緑の林が続く。大きな川は流れが幾筋にも分かれ、河原も広い。そのなかを道路が乱雑にからみ合って走っている。十一時、時刻から距離を概算するとケアンズから約六五〇キロメートルで砂漠の端に到達し、いきなり白い砂地となる。しかし川辺や凹地には樹林や草原が広がる。

十一時二十分、同じくケアンズから九〇〇キロメートルで地表は全体が赤っぽくなる。いよいよ真正の砂漠レッドセンターに入ったらしい。雨期に水の流れた跡があり、その周辺は淡黄色で草原らしい。浅緑の湿

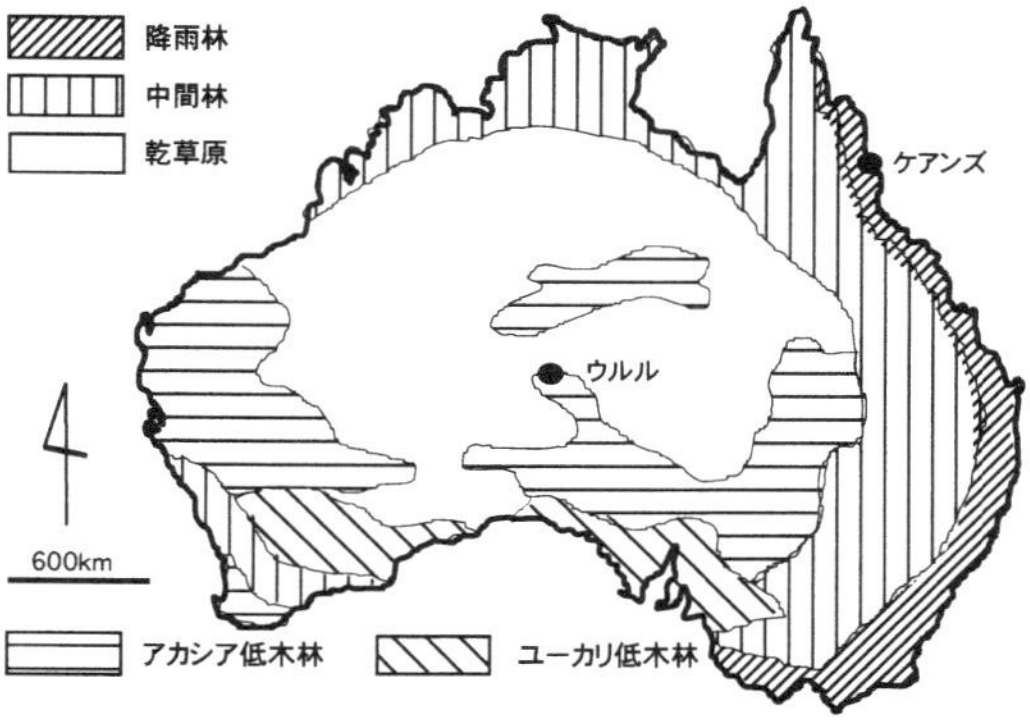

オーストラリア植生図（D.Greig　1945より書換え）

地も見られる。十一時四十分、ケアンズから一一〇〇キロメートル、雨溝もなく全面赤い。十二時十分、ケアンズから一五〇〇キロメートルでアカシア低木林が断続するようになる。白い塩の縁どりの塩湖も多い。

十二時二十分、コネラン空港着。まず周辺の景色に驚く。今まで見たこともない赤い土に白茶けた緑、しかも異様に乾燥して熱い。冷房の効いたバスで景色のなかに入り、リゾートへ。

チェックインは有子にまかせる。フロント脇に若い日本人女性が勤めるカウンターがあったが何やら頼りない。有子はナイト・スカイ・ショーの申し込みをしたが、ついてきた男性ＪＴＢ職員はなぜか不安そう。白い幹のゴーストガムの茂る中庭を通って部屋へ。気温四二℃、コンクリートの階段を上がるとき身体から火花が散るのではないかと思われた。有子ら親子の隣の２２８号室がわれら夫婦の部屋、思い切り広くて冷房が効いて涼しい。やっとほっとする。

十五時三十分、ホテルの玄関に集まってバスに乗り、カタジュタ＆ウルル・サンセットツアーへ。バスを降り日本人女性ガイドの後を追って散策路をカタジュタの「風の谷」へ。涼しそうなのは名前だけでとにかく熱い。ガイドが砂漠の亜高木マルガについて説明、アボリジニはその種子を煎って摺って粉にして栄養豊かなパンに焼く。葉にできた虫瘤は「砂漠の林檎」と称して食う。幹には甘い蜜を出すアリが付く。材から

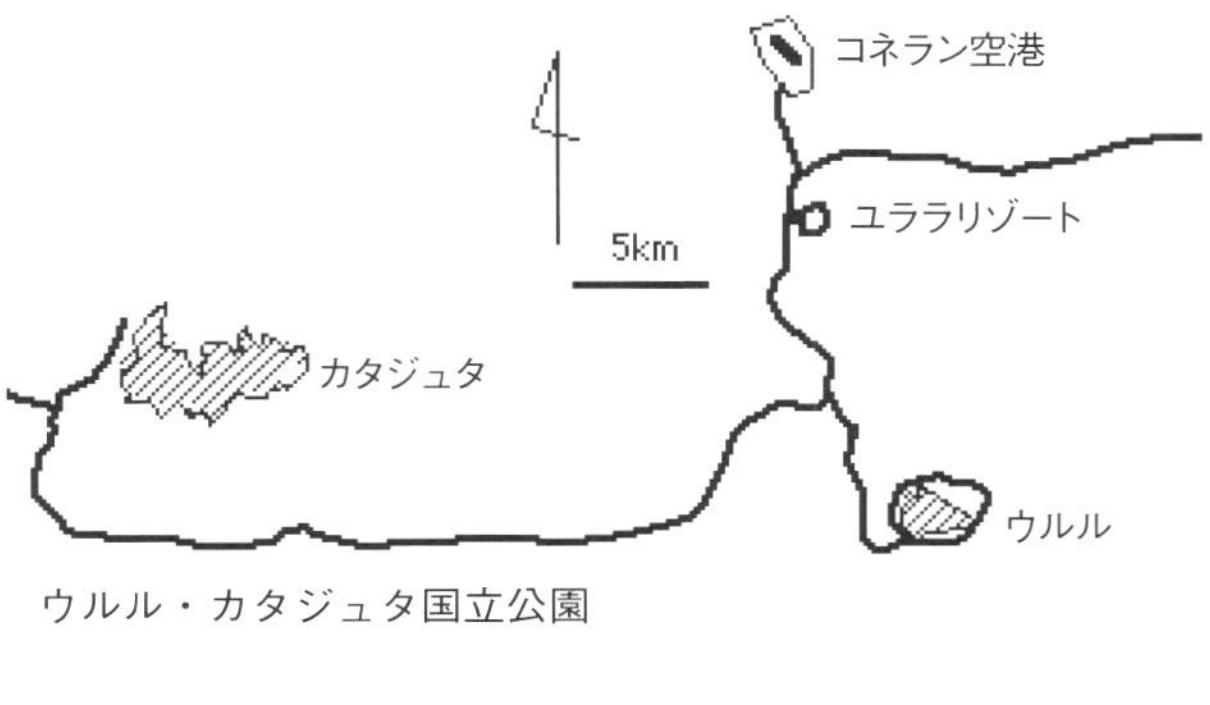

ウルル・カタジュタ国立公園

カタジュタ全景

マルガの木

は槍やブーメランや調理用のナイフを作る。隣の低木についても説明、根に昆虫の幼虫が寄生、それはタンパク源として重要。こうした砂漠の資源について、アボリジニの女が年頃になると母親から実地に教えられる。男の子は同じく父親から狩りの仕方を実地に教わる。熱い乾燥する夏には野火が起こり植生をリフレッシュさせ、新しい成長を促す。それは動物にとっても人間にとっても好ましい。時期と場所をみた計画的な火入れは近代生態学の目からみても合理的である。またこれらはすべてチュクルパと呼ばれる民族創生の物語のなかにある。さらにガイド嬢は今は白く枯れているイネ科は葉の先が固く鋭く尖り、総じてスピニフェクスと呼ばれていること、また、カタジュタの岩体は礫岩で、三〇キロメートル東のウルルは砂岩であり、いずれも六〜九億年前のこのあたりの本来の堆積層に由来すること、五・五億年前の造山運動で地表に出て褶曲して東に七〇度傾き、三億年前の造山運動でさらに傾き八五度になったこと、隆起した当時は八〇〇〇メートル級の高山であったが、その後の浸食で一〇〇〇メートル級になり、さらに、カタジュタとウルルを残して断層やクラックに沿って崩れ落ち、風化して風で均されて現在の標高五〇〇メートルの平原になったことなどが科学的に分かってきたことなどを話した。しかしどうしてウルルとカタジュタだけが残ったのか、ウルル北方のマクドネル山地には砂岩でできたテーブル状の台地も礫岩でできたカタジュタ型の岩山も結構多い。しかし、ウルルはカタジュタと寄り添うように見渡す限りの広大な平原のなかにぽつんと淋しそうである。チュクルパのいうウルルとカタジュタの誕生のいきさつはこの点分かりやすい。強い力を持ったアボリジニの祖先がこの地に定住するにあたり、ランドマークとして作ったというのである。強い力を持った祖先とはアボリジニにとっては神であり、神が作ったウルルはすなわち聖なるものである。アボリジニがウルルを聖地とするゆえんであろう。

ともあれ、ガイド嬢の説明は洗練されていて堂に入ったものなのだが、残念ながら人垣ができて近づけず、よく聞こえない。人垣に割って入る厚かましさもなく、名も知らぬ植物たちをめったやたらと写す。帰りが遅いのを心配して有子が迎えに来る。「バスに乗り遅れる」と怖い顔！ガイドのグループが後から来るから心配ないと言い返す。やっとバスに乗り、少し離れたトイレへ。トイレは高名な観光地には珍しい貯蔵型。女子トイレは大

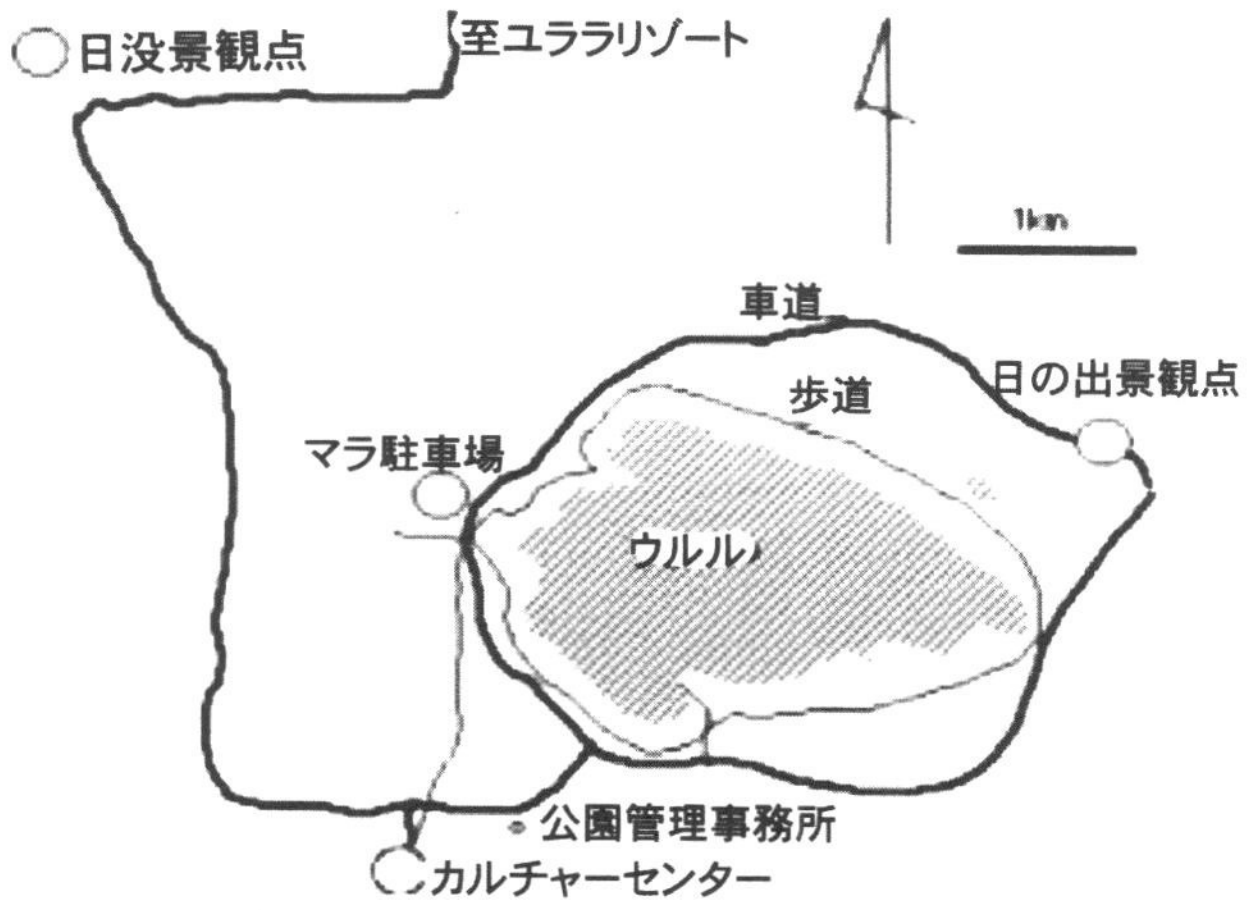

カタジュタ全景

一斉にウルルに挑む

繁盛。トイレから出て近くの広場からカタジュタの全景が撮れるというので写真に収める。バスにてウルルのサンセット展望所に移動。スパークリングワインとカナッペやソーセージで乾杯、暮れゆくウルルをバックに一家ではしゃぐ。

翌二十五日はウルルサンライズ登山・ふもとめぐりツアー。三時三十分、ホテルの女性従業員からの電話「ジス　イズ　アン　オプショナル　モーニングコール」と起こされる。フロントで朝食の和食の入った素敵なリュックを受け取る。四時四十分、ホテル玄関からバスで暗いなかをウルルへ。北麓の日の出景観点で降りる。朝食はにぎりめしとカン茶と林檎だった。日の出前から写真を撮る。それからバスに乗りウルル西端のマラ駐車場へ移動。有子親子は、はじめからそう決めていたのだろう、まなじりを決してウルルに挑む。老夫婦はそれを見送ってゆっくり登山口へ。鎖のある急坂の下までおそるおそる近づく。わが新調のスニーカーはまったく滑らず、容易に急坂を踏めるが、和子の靴はダメ。ちょっと登って、二人で手を取り合いながらゆっくりと下る。登山組が降りてくるまでの時間をみてバスでカルチャーセンターへ。砂漠のなかの木立に囲まれたアボリジニ風の建物、マルク美術の展示、アボリジニに関する諸情報の展開。ここのアボリジニは部族としてはアナングといい、さらに二つに分かれること。チュクルパの教えに従い土地を管理し守ってきたこと。その土地が国立公園、さらに世界遺産になったが、土地所有者と

風でえぐられた奥は白い砂岩

洞窟の壁画

して公園管理に協力していること。チュクルパにある土地分類はプリ（ブッシュプラムやロッグフィッグの生育する岩盤）、カル（インランドブラッドウッドやリヴァーレッドガムの茂る雨溝）、プチ（マルガの下にスピニフェックスの茂る樹林）、ピロ（スピニフェックスの茂る砂質の凹地）、タリ（スピニフェックスの群生する砂質の凸地）、ニャル（低木トマトや砂漠ブドウなどの生育する焼跡地）などで、植物や動物の分布もそれに従っていること。砂漠の生活に必須の水の探索も、大よそはこれによることなど展示されていた。誠に生態学的で感心する。先進国が標榜する「自然との共生」はすでに巧まずしてアナングによって実行されているといえる。しかしアナング語は舌かみそうで馴染めない。

八時過ぎ登山組を待って再びマラ駐車場へ。それからガイド付きでマラウォークへ。ウルル北西麓のアボリジニの聖地を巡る。岩に孔がたくさん開いているところがあり、孔にはフクロモグラが住んでいる。孔から人々をよく観察するという生活態度を見習えという教訓の聖地とか。風でえぐられた岩の凹みケーブの壁画、木炭をチョークのように使った教室跡ではないかという。渦巻きは水源やアリの巣、カンガ

さらばウルル

ブラッドウッドの森

ルーの足跡やイワイチジクの葉を思わせる図形は食材に関する教育の跡か？V印はブーメラン、羽印は蜜蟻など、砂漠で生活材を得るストーリーが綴れるという。

ケーブには他に女の聖地、男の聖地などがある。女の聖地でどんな儀式が行われるのか男は知らされない。またキッチンケーブもあり、おそらく集会のための料理を作ったところで、火を燃やした跡、何かをすりつぶした跡などがある。反響のよい音楽堂のケーブもある。砂でえぐられた大きなケーブの奥の砂壁は灰白色で、ウルルの赤い色は表面一㍍ほどの厚さしかないことが分かる。赤は風化によって鉄が酸化されたための色である。

マラウォークの終点はカンジュの滝、雨季には水がある。乾季でも滝壺には水が溜まり、砂漠には珍しい湿生植物群があった。外から見える滝の奥にも多くの滝があり、水たまりもあり、そこにカエルが棲む、乾季にはオタマジャクシで膜に包まれ砂にもぐって生き残る。また、ウルルの平坦な天面にも雨季には浅い水たまりができて、シールドシェリングと呼ばれる小さなエビがいて、乾期には卵で生き残るという。帰りは同じコースを急ぎ足で戻り、バスでリゾートに帰る。

夕食はアウトバック・パイオニアホテルでセルフバーベキュー。有子は青い目の販売の兄ちゃんと下手な英語で果敢に交渉し、カンガルーやワニ、トカゲの肉をせしめて、二人の娘に手伝わせて、焼いて持ってくる。気味は悪いが、意外にうまかった。予約していたナイト・スカイ・ショーは、雲多くして取り止め、楽しみにしていた南十字星は、なお夢のかなたにお預けとなってしまった。

二十六日はウルルからケアンズへの移動日。ホテルレストランで朝食。十時、パッケージダウン。それまでにスーツケースを整備し、ベルトを巻いて、部屋の分かり易いところに置く。出発までの時間つぶ

グリン島の森

しにリゾート内のイマルング展望台に出かけ、遥かなウルルに別れを告げる。相変わらず乾いて熱い。十時四十分、バスに乗り空港へ。

十三時、カンタス航空988便エコノミークラスでケアンズへ。席は22Eだが替わってもらって窓際に。窓外の写真をしっかり撮る。

グレートバリアリーフ

十一月二十七日　六時三十分、ホテルレストランで朝食。今日と明日は昨日買ったJTB発行のデラックス朝食券がある。隣のリーフターミナルに八時集合、窓口で乗船手続きをして埠頭でしばらく

待つ。

八時三十分、グリン島へ向けて出航。九時二十分、グリン島着。長い桟橋を渡って島に上陸。初めて見る熱帯雨林、厚手で濃緑色の葉が覆い被さってくる。森の中は異様に暑くて湿っぽい。島は、東のリゾートと西の自然保護区に分かれている。東端のリゾートセンター部分は簀の子状の板張り。

日本語の案内があるというのでそれまで島内を散策。北西岸にでると美しい白いサンゴ砂の砂浜、はるかな珊瑚礁の外縁には白波が立っているが岸辺は穏やか。孫娘二人は水に浸かって喜ぶ。有子も加わる。有子親子はシュノーケリングに挑戦するというので、和子と二人、案内所前で日本語の案内を待つ。やがて飽きてセンターに戻る。

案内係は若い日本人女性。ウルルでもそうだったが、オーストラリアに来て若い大和撫子の進取の気性に気圧される。案内嬢は、まずは手近なところから始める。案内所前の板張りの切抜きから抜き出た高木を紹介、ビーチアーモンドというのだそうだ。花は異臭を放ち、その臭いに惹かれてオオコウモリがくる。樹液が垂れて板にシミができるという。前から気になっていたのだが、森のなかにはゴム紐のような気根がいっぱい垂れ下がっている。このビーチアーモンドにも垂れ下がっていて、着生植物のシメコロシイチジクと紹介された。福島市の駅前施設コムコムの展示を請け負った業者は、

宿主を倒して自分も倒れるシメコロシイチジク

シメコロシイチジクを第一資料にするといい、私はヤドリギの方が先だと言い張った。シメコロシイチジクなど現実的でないと思ってのことだったのだが、ここで実物を見せられて気が変わった。

板張りの向こうにホテルがあって、間の空き地が緑で被われている。いちばん近いところに樹冠を広げている樹はカーティングツリーだという。この樹からも気根がいっぱい垂れている。ぐるりと板張りを回って、やはり切抜きから出ている細目の木、葉は剣状で梢に群生して垂れ下がっている。パンダナスの仲間でウォーキングツリーだという。光を求めて樹冠が傾き、大きな支柱根もそれを支えてそちらに張るので、樹全体が自然に移動するのだそうだ。幹に蜜を出す蟻がいて、アボリジニのおやつだという。日本人男性客がつまんで口に入れようとしたら、対面の年配の日本人女性客がすごい剣幕で制止した。仲間うちならともかく、赤の他人だったらこの対応は剣呑だ。幸い男性客は恐縮して引き下がった。

歩く植物

板張りの端から土の歩道に出る。道ばたの柔らかい葉の樹木はフィッシュポイズンドツリーだという。アボリジニはこの葉を揉んで海に撒く。そうすると魚が気絶して浮き上がってくるのだそうだ。

ココナツの木が混じる。もともとはポリネシアからマレーシアにかけての原産で、オーストラリアにはなかったもの。白人移民が持込んだのが野生化したという。ここでクイズ、落ちてきたヤシの実に当たって死ぬ人とワニに食われて死ぬ人とどちらが多いか?正解はヤシの実の方だそうだ。ガイド嬢はさらに続ける。グレートバリアリーフはオーストラリア大陸の北東岸の大陸棚の上にできた約三〇〇〇の珊瑚礁の総称。大陸棚は、もともとはアボリジニの住む海岸沿いの低地だったのだが、約六千年前、日本でいえば縄文海進真只中、極地の氷が融けて海に流れ出したのと、その水の重みで海底が沈下したのとで、水面が二〇〇メートルほど上昇し、低地は水没した。しかし、凸地も多い。そこに新しい珊瑚礁の発達をみるようになった。グリン島もそうした珊瑚礁の一つで、アボリジニの一部族クンガンジー族が所有する。クンガンジー族は、聖地として割礼の儀式を行うためと、狩猟のため時折この島を訪れる。割礼は男の儀式だから、女人禁制の島であったという。短いツアーで、余った時間を和子と島めぐりの木道を歩く。しかし、夫婦だけでは薄気味悪く、早々に引き上げる。桟橋のたもとで有子らと落ち合い、

グレートバリアリーフ北部

シュノーケリングに出発

シュノーケリングの準備

乗船口に向かう。シュノーケリングは楽しかったらしい。濡れた髪を拭く時間もなかったようだ。

十一時十五分、乗船。十一時三十分、アウターリーフに向けて出航。目的地のノーマンリーフはグリン島から北東におよそ三五キロメートル、ケアンズからグリン島までが二五キロメートルだから、相当に長い船旅だ。途中いくつかの珊瑚礁の近くを通る。水深は深いところでも五〇メートルそこそこ。海はあくまでも深く青いが、珊瑚礁は浅く白く透けて見える。船室にはいろいろのサービスがあったらしいが、海をみるのが最上のサービスとばかりずっとデッキの椅子席で過ごす。孫娘二人は最上の展望甲板。試しに上がってみたが遮蔽がなく日差しが気になり、早々に引き上げる。

十二時三十分、ノーマンリーフの筏（ポントゥーン）に到着。有子らはシュノーケリングに行く。クラゲ対策でフードの付いた青い全身タイツを借り、その上に持参の水着を着て、備え付けのライフジャケットを着て、ゴーグルとシュノーケルとフィンを装着する。誰が誰やら分からぬ一様に勇ましい姿。船やポントゥーンには日本人の若い男性職員が多い。威勢のよい声で注意が飛ぶなかを、有子らは舷側の沈水

サブマリンの窓から

桟橋に降りる。泳げない一人を中心にして珊瑚礁の海にゆらりと舷側から離れる。泳げない者を背の立たない海に誘い出す方も誘い出す方なら、誘い出される方も誘い出される方だ。多少心配ではあったがライフジャケットを着ては沈めといわれても沈めない筈だ。有子らが出て行ったあとの甲板を所在なげにほっつき歩く。水中観察室にも降りてみたが、水族館とあまり変わらない。水は存外濁っていて見通しは効かない。

十三時、有子親子も帰ってきて昼食とする。カウンターの向こうで頑張っているのも日本人の兄ちゃん。カレーライスを注文したが、きっと彼がつくったククレカレー。でも慣れない洋食に辟易していた和子は「うまい」と大喜び。何か哀れな気持ちになる。

午後は、またしても有子親子はシュノーケリングに。よほど面白いらしい。「ジイちゃんも行かねか？」と誘われ多少気が動いたが、こんなところで心臓麻痺などごめんだと自重する。今日最後のハーフサブマリンが出るというアナウンス、帰って来ない有子らにかまわず和子と二人で乗ることにする。こちらはポントゥーンの水中観察室とは趣を異にし、広い珊瑚礁の海を充分に堪能することができた。

圧巻は、珊瑚礁の端まで行き、その先に広がる千尋の深みを覗いたときだ。ここから真正の珊瑚海が始まると思った。しかし、よく考えてみたら珊瑚礁のフロントは白波渦巻いて、こんなちゃちなボートで近づけるわけがない。アウターリーフとはいえノーマンリーフは大陸棚の端から一〇キロメートルも内側なのだ。われわれのハーフサブマリンが案内したのは珊瑚礁の内側の縁だった。それでもおそらく急激に五〇メートルは落ち込んでいるのであろう、深く青い奥は鬼気迫るものがあった。

十五時三十分、ポントゥーンの低い甲板から船の高い甲板に乗り移り、帰途につく。

十七時三十分、ケアンズのマリーン桟橋着。

夕食は街に出てナイトマーケットで。広い空間に椅子とテーブルが雑然と並び、周りにいろいろの店が構える。好きなところで好きな食い物を求め、席に運んで食う。有子が日本人経営の店からシャケの握り寿司を運んできた。申し訳ないので黙っていたが、和子と二人「何か大味でうまくなかったな」。孫娘二人の食欲にはまた驚かされた。寿司店とは反対側の東南アジアの店から得体の知れない肉料理を運んできてぺろりと平らげ、また仕入れに出かけてゆく。大食らいの筈の隣の白人男性客もあきれ顔だった。帰りにオーキッドプラザでお土産を物色。さらにケアンズ駅に併設されたセントラルショッピングセンターまで歩を伸ばす。有子は手頃なハットを見つけ、パパへのお土産だという。今回の旅行ではパパは留守居役、それをねぎらう意味で、ワガらのお土産にしようと横取りを企てた。トラベラーズチェックでまかなえるというので取り出そうとしたが無い！瞬間、ホテルのセーフティボックスの中だったと思った。有子「いいよ、いいよ」と自分のカードで落とす。後で気付いたのだが胴巻のなかにあった。

キュランダの森

十一月二十八日　六時三十分、ホテルレストランで朝食。八時、キュランダ行きの大型バスがホテルの玄関口まで乗り付ける。すでに何人かが乗っている。ＪＴＢルックの団体客はそれぞれ好きなホテルに分散している。バスはそれらを拾って行くのだ。拾って行く役割は、またも若い日本人女性職員が受持ち、名簿と首っ引きで点呼に余念がない。無事全員乗せたところで自己紹介。「旗谷とも子です」という。さらにドライバーはアランさんだと紹介。彼は前を見たまま大仰に応える。旗谷嬢はさらに続ける。「皆さんは今から彼のお友達です」と。これは大変だ。大勢のなかに隠れて一人の世界を楽しもうと思っていたのに、これからは彼の友人の一人としてマナーを尽くして紳士付き合いをしなければならない。

ケアンズの街を出たバスは、キャプテンクック・

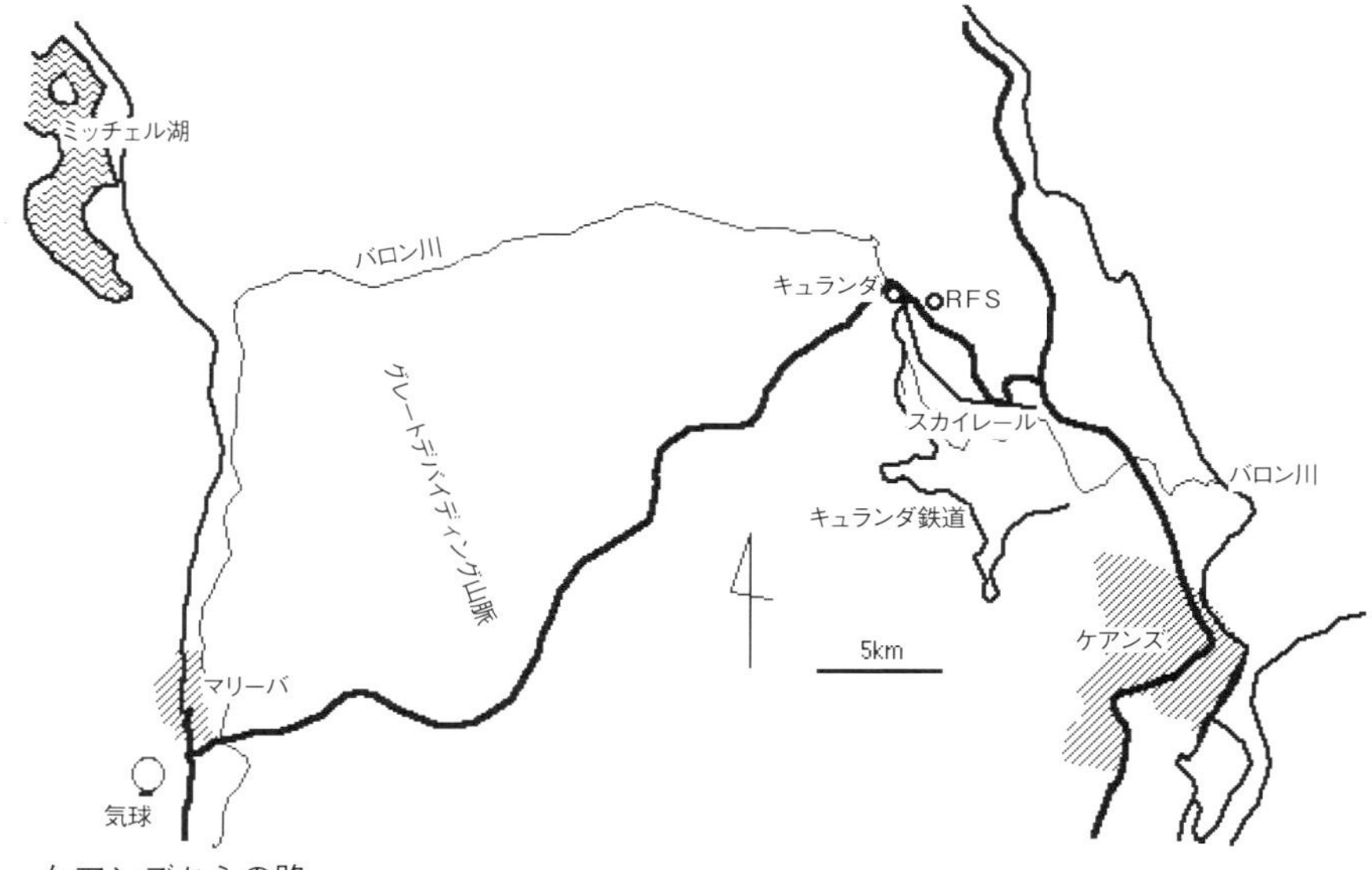

ケアンズからの路

ハイウェイを快調にとばす。開拓時代、雨期にはしばしば不通になったという道だ。ケアンズ空港を東に見て、道路は徐々に西の山際に寄って行く。そして、山に接したサーカスを左に折れて、ちょっとした広場に止まる。その先にスカイレールの駅があった。

オーストラリア大陸はもともと古陸ゴンドアナの一部だった。その頃のオーストラリアは全般的に温暖多湿で熱帯雨林に相当する植生で被われていた。それが南米大陸や南極大陸と分かれて北に移動、赤道に近づくにつれて気温の上昇と乾燥化に見舞われ、内陸部は砂漠化したが、大陸東岸を南北に貫くグレートデバイディング山脈の東麓は海洋性気候に恵まれて熱帯雨林が生き残った。ケアンズの熱帯雨林が一億二千万年前からの遺存林だといわれるゆえんである。一億二千万年前というのは熱帯雨林の主体である被子植物が現れたのがその時期で、それ以前はシダ植物と裸子植物だけの世界であったということにおそらく準拠している。全豪二〇〇種にも及ぶユーカリはこの乾燥化の過程で進化したという。

超高木とはこんなものか？

ケーブルカー（スカイレール）の沿線の植物については、実は詳しい絵入りの案内リーフが配られていた。まるで案内人が隣にいるような心配りの内容なのだ。それを見ながらのゴンドラの旅はもっと楽しかっただろうに、そんな資料に気付かなかったのはうかつだった。私の授業でも熱帯雨林は扱った。熱帯雨林には高木層を貫いた超高木が

超高木の下は着生植物で賑やかな高木層

バロンフォールズ駅で見た木生シダ

ある、多湿のため着生植物が多い、同じ種の樹木が集中することのない、優占種がはっきりしない未分化の森林である、といったことが講義内容であった。それを実地に見たくてここまで来たのだ。

ゴンドラは六人乗りで、有子親子とわが夫婦でちょうど一つを占領する。ターミナルから最初の屈曲点であるバロンフォールズ駅まで、ケーブルカーは山の斜面をどんどん登ってゆく。ワガ授業の中身はこの行程ですっかり実感できたと感激し、夢中で写真を撮る。しかし、後でくだんのリーフレットをみたらこの一角は二次林だという。例のアボリジニが丈の高い超高木のユーカリの一種レッドストリンギーバークの疎林として管理していたというのだ。

バロンフォールズ駅は二階建てで最初のゴンドラを降りて階段を回って二階から新しいゴンドラに乗り替える。駅からは熱帯雨林のなかに遊歩路が伸びている。図鑑片手にゆっくりと歩いてみたかった。それでも階段の脇には木生シダのクーパーズツリーファンが生えて熱帯雨林の雰囲気を漂わせていた。

バロンフォールズ駅からケーブルカーは広いバロン渓谷を緩く斜めに降りてゆく。足下には真正の熱帯雨林が広がる。雑多な樹木がうっそうと茂る高木層を突き抜けて、そこここに幹まで緑の超高木カタジが樹冠を広げている。高木の枝腋には着生シダのスタグホーンファンが、トナカイの角に似た大きな葉を広げてわがもの顔だ。もっと幅が広いのがエルクホーンファンで、羽裂しているのがバスケットファンだ。多くの着生植物を含めた高木層はそれだけで独立した社会なのだ。足が地に着かなくても平気な社会、豊かな雨量がそうした社会を支えているのだ。それに対して暗い林床はササのようなものはなく、わりとすっきりしている感じだ。アボリジニなら獲物を追って自由に跳梁できたであろう。いずれにしても植物の種類は多い。ここに入るには相当の予習が必要であろう。一度は褒めたが、かの観光リーフレットの学力ではとうてい間に合わない。

第二の屈曲点レッドピーク駅では乗ったまま記念写真を撮られる。広く豊かな水の流れるバロン川を渡り、キュランダ駅に着く。駅で再び旗谷嬢に迎えられ、美しい花々に彩られた斜面を斜上する路をたどって玩具のようなキュランダ村へ。ツアーバス昇降所に待っていたアランのバスに乗ってケネディハイウェイをしばらく海側に戻り、左に折れてレインフォレストステーション（ＲＦＳ）へ。

主屋前の広い路でバスを降り、その先の広い階段を登り、野趣に満ちた木造平屋の主屋に入る。いろいろのお土産を売っていた。コアラを抱っこしたい人だけ別室に入り、他はここで時間つぶし。孫娘二人は、いとこの梨花ちゃんへのお土産として可愛いハンドケースを買う。和子「さすが女の子同士だねえ」と感心する。

抱っこちゃん組が帰ってくると、主屋を抜けて屋根付きの渡り廊下をしばらく行く。その先に写真

アーミイダック

でみたアーミイダックが待っていた。先の大戦で米軍が創作した水陸両用の兵員輸送車だ。ぎっしり詰め込まれ、旗谷嬢の案内で密林のなかに入ってゆく。かなりの坂を降る。いろいろ説明があったがエンジンの音で聞き取り難い。揺れてノートも取れない。真ん中に座らされて写真も撮れない。しかし説明の項目を示したリーフレットによれば、二〇種近くが紹介されたらしい。坂の下には濁った沼があり、運転している野戦服姿のいなせな白人のお兄さんが、「沼には入りたくない。しかしお客さんが行けというなら行く」と見え透いた芝居を打つ。もちろん皆の意見はゴー。あきらめたように沼に入る。旗谷嬢がここには希少種のユリシーズがいる。輝く青い翅の大型の蝶だが、三匹見たらその人は幸福になれるという言い伝えがあるという。そんなもの見れる訳がないとたかをくくっていたら、和子が二匹見つけた。和子の眼のいいのには時々感心させられる。有子らもそのくらいは見つけたようで、結局何も見なかったのは私だけだったらしい。沼を一巡りして、アーミイダックは坂を登って終点に着く。その先に天幕張りの野外劇場。アボリジニがここで伝統のハマギリダンスを披露するという。初めてオーストラリアの原住民アボリジニと名乗る人々に会った。ほとんどが黒人の部類に入るが、一人だけなぜか白人が混じっていた。ハマギリダンスは、激しい脚の動きが特徴的だ。「警告のダンス」は、侵入してきた他部族の闘士に対して退散を求めるダンスだ。ここで脚の動きは最高に激しくなる。険しい地形の熱帯雨林のなかでの戦いは、如何に敏捷に跳ね回れるかがカギだ。「こりゃとても敵わん」と相手が退散するのを期待する。それが警告のダンスだと思った。相手を殺すだけが目的の「五輪の書」などとは大いに違う。

野外劇場を出て主屋に帰り、レストランで昼食。時間に余裕があるというので付属の小さな動物園に寄る。孫娘二人は放し飼いのワラビーと戯れる。おとなしいものだ。どう猛な野生の犬ディンゴを檻のなかにちらと見たが、改めてよく見ようとしたら、丸太をくり抜いた小屋に入って出て来ない。ヘビ舎にはたくさんのヘビがいた。ワニ池にも何種類かいるらしい。コアラ舎ではコアラがユーカリに止まって寝ていた。バスで再びキュランダ村に帰って散策。バスを降りたセルワインストリートを北のはずれまで行き、何もないことをたしかめて引き返し、途中で右の森に入る路をたどったらヘリテージマーケットに出た。マーケットにはアボリジニの民芸品が所狭しと並べられていた。その奥にバードワールドがあり、孫娘たちが見たいという。そんなものと思ったが、入って驚いた。サンクチュアリーの森に出た先は板敷きのベランダで、放し飼いの鳥がいっぱいいる。エサを買ってくると、鳥たちはめざとく飛びついてきた。ジュウシマツだろうか、名も定かでない汚らしい黒い小鳥がわが手首に止まって、振り払おうとしても離れない。オオハナインコだろうか、娘たちの腕に止まりエサをねだる。同じ種類が

遊ばれて迷惑そうなワラビー

キュランダ駅にて

キュランダ村の野鳥園にて

有子の肩に止まってしたり顔だ。セイタカシギが路の向こうから孫娘の一人とにらめっこ。入口で貰った案内シートをみたらジュウシマツ以外はみな絶滅危惧種か危急種だ。実に貴重な体験だった。

午後一時過ぎ、バスですぐ近くのキュランダ鉄道駅に送ってもらう。歴史的建造物に指定されている駅は、プラットホームの植え込みまですべての州が連合出資した二十世紀初頭の心意気を示してクラシックだ。売店で素敵なマグカップを見つけた和子が、「これ買ってこい」と私に命令する。カウンターは白人のおばさん。英語の苦手な和子は、自分で勘定を済ます自信がないのだ。これではショッピングの楽しさは半減だろう。

ケアンズの奥、グレートデバイディング山脈を分け入ったアサートン高原では、十九世紀後半に金、銀、ニッケルの鉱山が開発され、いわゆるゴールドラッシュの一翼を担うこととなった。その積出し港として、ケアンズもポートダグラスも未曾有の好景気に賑わったが、肝心の山出しのルートであるトラック道は、雨期には不通となる。そこで、洪水に強い鉄道建設が課題となった。これに応えたのが今のキュランダ鉄道のはじまりだという。しかし、工事はアボリジニの襲撃・

略奪にも見舞われて辛酸を極めた。開拓者魂だけが辛うじてその完遂を支えたという。キュランダ駅を出たレトロな観光列車は途中バロン滝で停車し　乗客達は展望台にのぼる。わが感覚からすれば滝とはいえない岩の間の細い流れをおつきあい半分で眺める。圧巻は高い鉄橋を渡る列車の向うのストーニィクリークの滝であるが、渇水期の十一月、とくに推奨するようなものでもなかった。険しい山地を抜けて、ジュンガラの山裾でサルスベリのような赤い花をたくさん付けた木、クリスマスブッシュを車窓に見た。先の大戦の野戦病院跡という。旧日本軍の米豪遮断作戦に、オーストラリアも国を挙げて抵抗し、ケアンズは兵站基地となった。野戦病院は、豪州兵の戦死四万人と伝えられる熾烈を極めたニューギニア戦線での負傷兵を収容したものであった。レッドリンチ駅で列車を降り、待っていたアランのバスに乗り換えて、一路ケアンズへの帰路につく。十五時四十分、ナショナルオーストラリア銀行ケアンズ支店前着。暑い一日を共にしたアラン・旗谷組との別れは意外なほどさりげなかった。

ストーニィクリークの滝

オーストラリア旅行最後の夜は、ケアンズでも老舗のホテルのレストランで。勘定はトラベラーズチェックＯＫで私の支払い。孫娘二人に感謝されて照れる。歩きの帰りは有子親子が自由に買物をするという。明日早朝バルーニングの予定があるわが夫婦は、ホテルに直行のつもりだったが、途中で巨泉のオーケーギフトショップに寄って、ア

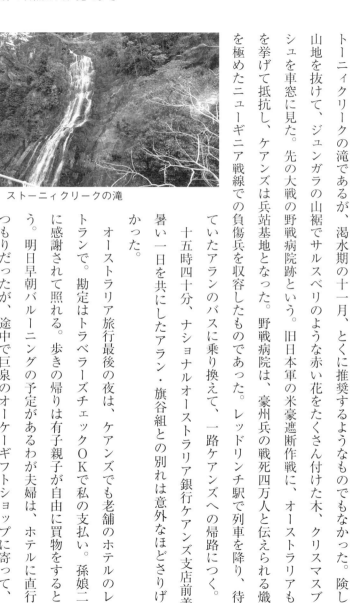

ボリジニのマットやジャムを買い、ホテル近くの若い日本人女性店員がカウンターを勤めるコアランドでブーメランやTシャツ、ジャム、干しマンゴーなど結構な数の買い物をした。

人と自然

日本列島は、北半は北米プレート、南半はユーラシアプレートの縁にあり、下に太平洋プレートとフィリピン海プレートが潜り込んでおり、地震も火山活動も極めて多い。地盤の不安的さを反映して地質も新旧取り混ぜて細切れ状の詰め込み型となっている。気候は温帯の多雨地帯に属するが、夏は熱帯に近く、冬は寒帯に近い季節変動がある。雨も多く、時に激しく降り、がけ崩れや洪水は常習的である。日本海沿岸は雪も多く、その作用も甚大である。生物資源は豊富で、農林漁業の技術的文化的な伝承も多彩である。しかし、最近は東京をはじめとする大都市文明に収奪されて、形骸化している。こうした日本に住み、その生活に慣れ親しんだ私にとって、スコットランドを中心にした北ヨーロッパ、それに短い訪問ではあったがオーストラリアの見て歩きは、まさにカルチャーショックそのものであった。

スコットランドは、プレートでみると、中部ヨーロッパ南部でユーラシアプレートとアフリカプレートの大陸プレート同士の衝突があるが、北ヨーロッパはそれより北に離れており、地震も火山活動も地質年代を通しても稀である。生物的自然も本来のゆるやかでたゆまない発達をみせ、人々も、基本的には十分に順応する時間的余裕を確保しながらその文化史を刻んできた。

アバディーンも、自然のなかから生え出たような落ち着いた静かな街である。町はずれ遠く、珍しく近代的な装いの高層アパート群が望まれたが、それは沖合いの石油プラットフォームで働く労働者の住居であった。職場と住居はヘリコプターで往復するのだという。沖合には、また、大型のタンカーをよく見かける。汲み出した原油はそのまま取引されているようである。日本の資本主義からいうと、陸上に石油コンビナートを設け、十分に付加価値をつけて商売するところだが、それはない。古来の居住環境に異常をきたすのを避けた措置だという。それは古くからこの地に馴染む地域住民の願いでもあり、地主である英国貴族にしても、土地を売ってお金を儲けるような話は、ブルジョアジーの上に立つ第一階級の品位と信条に関わるのであろう。アバディーンの港も大型タンカーを収容しようとする気はないようで、小人数の乗組員が原動機付きの小さなゴムボートで行き来している。しぶきを浴びて航行する姿は、どうみても秘密工作員の敵前隠密行動である。

学寮の食堂で居合わせた地元出身の学生と会話を交わした。お互いに出身地を明かしたうえで、彼は「私はスコットランドを愛している」と力強く言い添えた。スコットランド独立の気風は昔からあると聞いてはいたが、日本の学生が祖国愛を唱えた現場は見たことも聞いたこともないので、正直驚いた。若者の気風もだいぶ違うと感じた。これも穏やかな自然と順応しつくした民族的文化の現れと見た。

私の旅はさらにスウェーデン、アイルランド、イングランド、スイスと続いたが、自然を見るのがやっとで、人まで見る余裕はなかった。付き合ったのはみな私と同じ学究の徒であった。スイス以外はみな、ギミングハム先生の紹介と信託があったものだが、本当にみな懇切丁寧であった。福島の片田舎でしか暮らしたことのない私にとってはすべてが衝撃的な原体験であり、齢五十にして人生観を変えた期間となった。深く感謝申し上げる次第である。

オーストラリアは、プレートでいうとインドプレート東南部の中央を占め、地盤は極めて安定である。日本にはなく、かつてのヨーロッパ研修からも外れた砂漠と熱帯雨林、それにサンゴ礁が含まれるのも魅力的であった。そして、現地に行くまでは考えもしなかった原住民アボリジニの生活風習も衝撃的であった。今は文明の波に洗われ、その生活を現実に見ることはないが、自然を大切に、それに順応して生きた姿は、自然とともに学習資源として訪れる人々の共感を呼んでいる。

訪れた各地で隠然とした力を持つ者に地権者がいることを感じた。英国貴族がそうだが、アボリジニも同様である。その同意と許容なしには何事もできない。振り返って日本はどうであろうか?日本の地権者として、全体として隠然たる力を持つべきは農民たちである。しかし、地権者としての自意識には見るべきものが感じられない。とくに福島県は首都圏に近いため、都市の都合による開発の誘惑は大きい。そして、小さな地権者たちはその誘惑に乗り易い。しかし、乗った結果が地域に良い作用を及ぼしたとはとてもいいきれない。小さいながらも地権者たるもの個々が、地権者としてのしっかりした見識を持つことが大切だと思う。とくに日本列島は自然が豊かで、多くの人口を支えてきた実績を持つが、反面、その自然は複雑でゆらぎが多く、不安定で災害も多い。これを利用しきれるのは、長い伝統に支えられた農村共同体しかない。その自意識を農民一人一人が確実に保持することが大切である。また、強大な都市の政治経済態勢に裏打ちされた都市ブルジョアジーに対抗するには、農民と共に生きてきた地域共同体の姿勢が確かなものである必要がある。地域住民の一人一人が、自由に楽しく、そして正しく郷土の自然と、そのなかで生きてきたご先祖たちの足跡と心を学習できる場が用意されるべきである。

そこで期待されるのは、新たな経済効果を標榜する観光施設や科学技術研究施設ではなく、都市化で曇らされた父祖伝来の心の真のすがたを求めて自ら学習できる、いつわりや誇張のない郷土自然の標本資料が整備された施設である。

私の般若心経

ミトコンドリア・イヴは、
十六万年前に生きたすべての人種の母である。
その心は人類独自の生存戦略のカギとして、
すべての人種に受け継がれている。

私と般若心経

私の家は代々真言宗である。もう少し砕いて言うと、身内に死人が出て葬式を出すとき、それをつかさどる寺が昔から決まっていて、その寺の宗派が真言宗ということである。寺が決まったいきさつとか理由とかについては伝えられていない。真言宗といっても、私に関しての実態はそんなものである。

我が家は私で二代目である。本家の二男であった初代は、ともかくも百姓として自立できるだけの田畑や山林を分けてもらい、分家した。しかし、百姓にはならず、郷里に出て会社員になった。そのため戦後の農地解放で田畑は失った。後継にも恵まれなかった。本家の長男の孫として生まれた私は、二男だったので幼くして初代である大伯父の養子にされ、二代目となった。戦後の農地解放を免れた山林も、スギの植林やツタ切りの手伝い程度はしたが実質は本家に管理してもらっており、二代目として私が受け継いだ後は、遠く離れていて管理不能ということで結局は本家に返した。正式の登記替えということで、本家の当主である実兄からは相応の代金はいただいたが、当座の生活費としてすぐ消えてしまった。

我が家の仏壇には、ご本尊の小さな大日如来像を中心に、養父母の位牌と箱型の位牌がある。箱型の位牌の中には九枚の短冊が入っており、最初の一枚だけ黒漆塗りで金文字で樫村家代々之霊位とあり、残りの八枚は白木で、初めの一枚に若くして亡くなった養父の許嫁の戒名と俗名が書かれている。俗名をみると、許嫁とはいえ戸籍の移動はまだなかったらしい。私はご本尊と、養父母および養父の許嫁の三つの位牌に向かって毎朝お経をあげている。

話は変わるが、福島大学には生物学研究会という学生のサークルがあって、現職当時は私もその顧問の一人になっていた。生物学研究会は恒例の忘年会の始めに、実験動物之霊と書かれた怪しげな位牌に向かって顧問がお経をあげる習わしがあった。あるとき私以外の顧問がみな欠席したことがあり、学生たちは私にお経をあげろという。仕方なくそれらしい音声を発してお茶を濁したが、及ばずとも本当のお経をあげるべきだったと思った。そこで一番短いといわれている般若心経を覚えることにした。文庫本を買ってきて、仏壇に向かって毎朝音読した。それを見ていた娘が京都の修学旅行のみやげに本物らしいつくりの経本を買ってきてくれた。その経本が擦り切れる頃になってようやく暗誦できるようになった。難しい字が並んでいるが、韻を踏んでいて調子が好い。意味するところも何となく分かったような気になっていく。皮肉なことに、趣味が良いとはとてもいえない例の生物学研究会の習わしもいつしかなくなり、お経を強要される機会も二度と訪れることはなかった。

般若波羅密多心経《はんにゃはらみったしんぎょう》

唐三蔵法師玄奘《とうさんぞうほうしげんじょう》 訳

観自在菩薩《かんじざいぼさつ》。行深般若波羅密多時《ぎょうじんはんにゃはらみったじ》。照見五蘊皆空《しょうけんごうんかいくう》。度一切苦厄《どいっさいくやく》。

舎利子《しゃりし》。色不異空《しきふいくう》。空不異色《くうふいしき》。色即是空《しきそくぜくう》。空則是色《くうそくぜしき》。受想行識《じゅそうぎょうしき》。亦復如是《やくぶにょぜ》。

舎利子《しゃりし》。是諸法空相《ぜしょほうくうそう》。不生不滅《ふしょうふめつ》。不垢不浄《ふくふじょう》。不増不減《ふぞうふげん》。

是故空中《ぜこくうちゅう》。無色《むしき》。無受想行識《むじゅそうぎょうしき》。無眼耳鼻舌身意《むげんにびぜつしんい》。無色声香味触法《むしきしょうこうみそくほう》。無眼界《むげんかい》。乃至無意識界《ないしむいしきかい》。

無無明《むむみょう》。亦無無明盡《やくむむみょうじん》。乃至無老死《ないしむろうし》。亦無老死盡《やくむろうしじん》。

無苦集滅道《むくしゅうめつどう》。無智亦無得《むちやくむとく》。以無所得故《いむしょとくこ》。菩提薩埵《ぼだいさつた》。依般若波羅密多故《えはんにゃはらみったこ》。心無罣礙《しんむけいげ》。

無罣礙故《むけいげこ》。無有恐怖《むうくふ》。遠離一切顛倒夢想《おんりいっさいてんどうむそう》。究竟涅槃《くきょうねはん》。

三世諸仏《さんぜしょぶつ》。依般若波羅密多故《いはんにゃはらみったこ》。得阿耨多羅三藐三菩提《とくあのくたらさんみゃくさんぼだい》。

故知般若波羅密多《こちはんにゃはらみった》。是大神呪《ぜだいしんじゅ》。是大明呪《ぜだいみょうじゅ》。是無上呪《ぜむじょうじゅ》。是無等等呪《ぜむとうとうじゅ》。

能除一切苦《のうじょいっさいく》。真実不虚故《しんじつふくこ》。説般若波羅密多呪《せつはんにゃはらみったじゅ》。即説呪曰《そくせつじゅわつ》。

羯諦《ぎゃてい》　羯諦《ぎゃてい》　般羅羯諦《はらぎゃてい》　般羅僧羯諦《はらそうぎゃてい》　菩提僧莎訶《ぼじそわか》

般若波羅密多心経《はんにゃはらみったしんぎょう》

「無」の意味するところ

般若心経の前半にはやたらと「無」が出てくる。「無」は物事を否定する意味のものだから、初めは般若心経とはずいぶんと過激な思想だと思った。しかし、始めの方に出てくる「不増不滅」は一般教育の物理学で学んだ熱力学の質量保存の法則である。ひょっとして般若心経の前半は、当世の科学的物の見方の先駆けかも知れないと思った。そこでは、愛も慈悲もない、今でいうコンピュータの中の世界、情け容赦のないアルゴリズムの世界を問題としている。

今にわかに脚光を浴びている自然も、また、概念的にはアルゴリズムの世界である。巨大で多様で複雑なシステムであるが、その一端である生物進化のしくみを概観してみよう。遺伝情報を担う物質ＤＮＡは、リボースという炭素五つから成る糖の一種がリン酸をなかだちとして幾つもが直列に繋がった糸のような分子で、リボースの節からは塩基が一つずつ枝状に出ている。この塩基に四種あって、その並ぶ順序に遺伝情報が暗号として含まれている。塩基三連子が一字として意味を伝える暗号システムになっているという。これが卵子や精子をつくる減数分裂の際に正確にコピーされ、親から子に伝えられていくのだが、時々コピーミスが出る。ミスの多くは修正機構も働くし、取るに足らないも

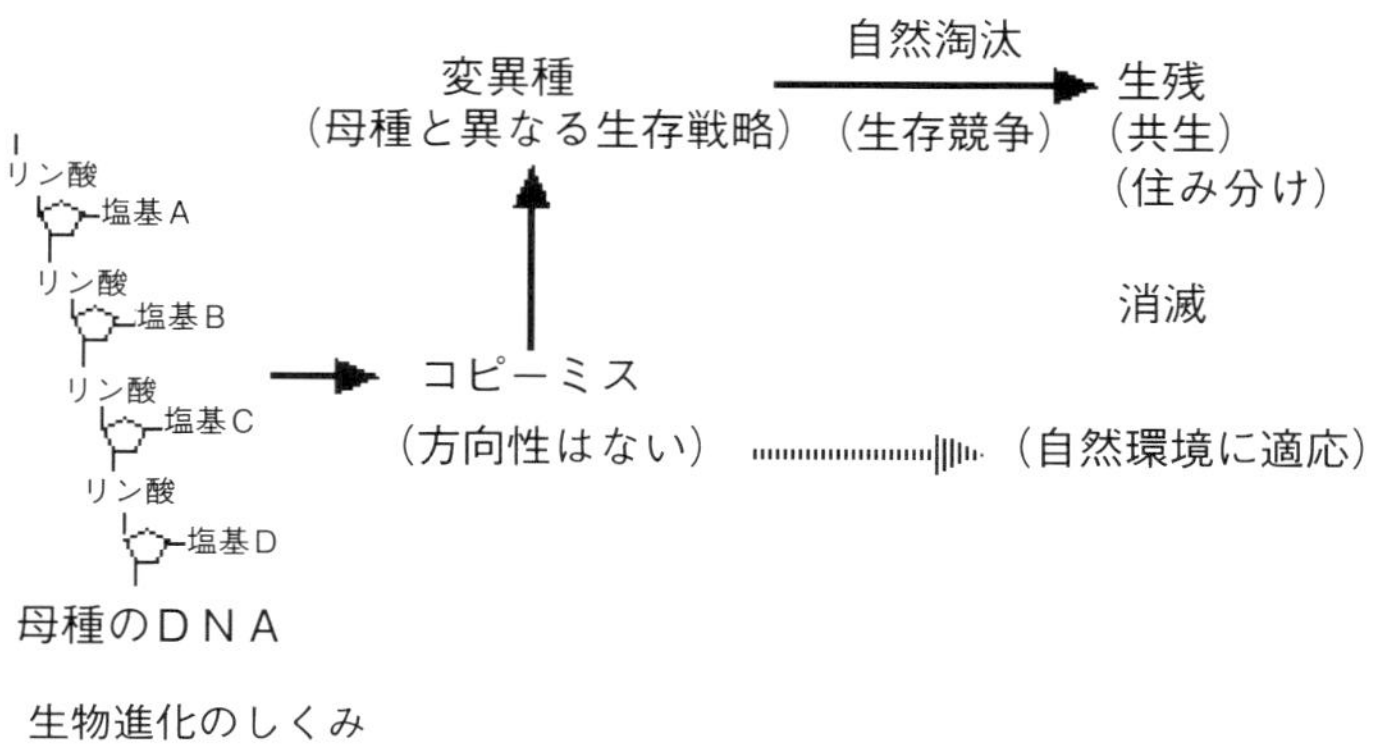

生物進化のしくみ

のだが、ごく稀に大きなミスが起こる。そうした一分子の片隅に起こった変異がときとして個体群レベルでの変異につながることがある。そうすると親とは違う生き方（生存戦略）の生物となる。すなわち変異種の出現である。変異はもともと偶然に起こるもので特別の方向性など無いのだが、変異種は早晩自然淘汰を受ける。その生存戦略が自然に適合していて、すでに存在している母種その他の既存種より強ければ、母種その他の既存種を駆逐して生き残るが、弱ければ消滅する。既存種を消滅させて生き残る場合は種の交代となる。僅かな環境の違いに応じて住み分けて共存するケースも多い。その場合は種の数が多くなる。すなわち生物多様性の発展である。いずれにしても生き残れるのは、情け容赦のない厳しい自然淘汰に耐えられたものだけに限られる。

人の世界でふつうにいう戦略は、まず目的があって、その目的達成のためのかけひきとして企画されるものだが、生物の場合は、変異は無作為の方向に起こり、厳しい自然淘汰を経て、結果としてより自然に適応したものが残る。そこにはもくろみとか作戦といった意図的なものは何もない、まったくの偶然に始まる冷徹なアルゴリズムだけが支配する世界である。般若心経はこのような何の思惑もない、悪意もなければ慈悲も愛もない世界を「無」と言っているように思われる。

「心」の意味するところ

般若心経の後半は一転して「心」の世界を語る。物質の世界は「無」で、それに依存しようとしても確実に期待できるものは何もない。「心」はそんな物質の世界からは独立している。本当の「心」は、その赴くままで「遠離一切顛倒夢想」であり、何の間違いも生じない。人は、そのような「心」が支配する境地「涅槃」を求めて修行することが大切であると般若心経は言っている。カントは「仮象」を離れた先に「純粋理性」がみえるといっているが、般若心経の言い方とよく似ている。

前述のDNAは細胞の核にあり、核だけでできている精子が、核のほかに細胞質も持った卵子の核と合体し、子供の最初の細胞ができる。細胞質にはミトコンドリアという小さな構造があるが、これにもDNAが含まれている。こうした細胞質DNAは、ストレートに母親から子に伝えられる。このDNAにも変異はみられ、その変異速度と、人という種全体の変異幅から人類最初のDNAがいつごろできたか計算した人がいる。結果は十六万年くらい前と出た。この人類最初のミトコンドリアDNAを持った女性（母親）を表徴してミトコンドリア・イヴという。このミトコンドリア・イヴが授けられた生存戦略こそ、変異種ヒトを特徴付ける生存戦略である。そして人類の歴史が今まで十六万年もの長い間続いたということは、その戦略が自然に受け入れられるものであったことの証である。

その生存戦略とはいったいどんなものだったのか？人類の特性としてよくいわれるのは、思考力、構想力、企画力、手先の器用さなどだが、そうした身体的能力は両刃の剣であって、使い方を間違えると破滅の危険性さえある。生存戦略はそれぞれ特徴的なものを生物種すべてが持っている。その内容は、身体的特徴を生かした特技と、それを戦略の達成に確実に結びつけるための、いわば取り扱い規定とから成る。たとえばライオンは強い体力と敏捷な運動性がその身体的特徴であり、それを生かして狩りをする。しかし、狩りは膨大な体力を消耗するので、めったやたらと行えるものではない。

ふだんは昼寝をしていて、体内の貯蔵物質がなくなるころ、敢然と狩りに出る。しかも失敗は二度と立ち上がれない命取りとなるリスクを負うので、捕り易い相手を見定め、仲間と共同して行う。すぐれた知能ゲームであるが、これを本能によってこなしていると考えられる。しかし、人間が手先の器用さを生存戦略として活用するのは本能ではなく、大きな頭に潜む思考力によるところが多く、ここが他の生物とは基本的に違うところである。しかし、思考そのものは自由であるので、間違いない運用のためには思考の規範が必要になる。それが「心」である。それは身体的特性とともに遺伝的に伝えられてきたものであり、そのもとはミトコンドリア・イヴの心である。人類の生存戦略は二足歩行に由来する手の器用さと広い思考力と、そして「心」にある。般若心経の「心」も同じものと解される。

スコットランドの古墳ケルン

スコットランドの北辺、サザーランドで石積の古墳を見た。ハーモニカのように同じ大きさの石室が並んで、氷河が消えて漂礫土の荒野に早期に入ってきた人々の社会が原始共産制であったことを物語るという。この時期、放牧はすでに行われていたが、食糧や衣服など生活のための資源を得るのは容易ではなかったろう。共同作業が必須であり、そして得られた決して多くはない資源の万遍ない配分も不可欠であったろう。省資源と資源の循環利用も徹底していたに違いない。資源の供給源である自然に対する知識・理解もかなりの程度進んでいたと思われる。その原始共産制を支えていたのが、人類にして初めて持った「心」ではなかっ

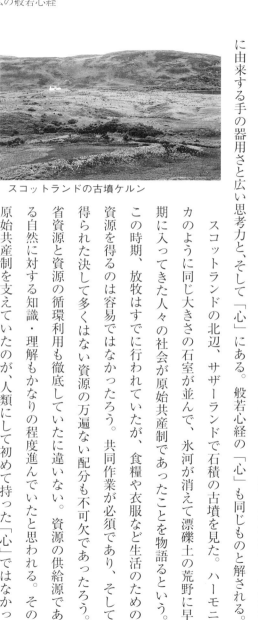

たかと思われるのである。

オーストラリアの砂漠に住む原住民アナングの歴史は古く、しかも最近まで狩猟生活を続けてきた。そのため生活の規範となるアナング発祥の叙事詩チュクルパも現代まで伝承され、今は文字資料ともなっている。その内容は、概要の紹介しかみていないが、不毛の砂漠に生きる知恵は不勉強な現代人を遥かに凌駕して科学的であり、自然とヒトとの関係を保つための教えはほとんど宗教的である。

宗教的といえば、モーゼの十戒も六波羅密もよく似ている。しかも、戒律とはいうが難しいことはなく、ふつうの人間がふつうに守るべきテーゼを示しているに過ぎない。人類が新しい変異種として授けられ、今も人々の深奥に潜む生存戦略とは、こうした戒律に集約されるもので、それによって強大な自然のアルゴリズムによる厳しい自然淘汰を免れて、過去十六万年の生存があり得たと考えられる。

モーゼの十戒も六波羅密も、巷間に伝えられるようになったのはせいぜい千~千五百年前であり、十六万年からみればあまりに現代的瞬間である。十六万年のほとんどは狩猟時代であり、人類はその生存に必要なものは直接自然から得ていた。そこでは人々の生活は自然の有難さと恐ろしさに直接しており、人類の身体的能力が人類自身に対して悪しき展開をみせる余裕はほとんどなかったと思われる。農耕時代に入り、生産が上がり、不労階級ができてくると、自然とは隔絶し、自然淘汰の恐ろしさを肌で感じるような機会も目立って少なくなったであろう。宗教がそのかたちを整えた動機は、こうして人類がその生存戦略を忘れて危機的状態になったことを契機として、必然的に訪れたものであろう。

モーゼの十戒も六波羅密も戒律である。人の生き方を厳しく規制する場合、その結果として得られるものを皆が分かるかたちで提示する必要がある。宗教的戒律においては、神や仏からの祝福である。その逆が「神罰」や「無限地獄」であるが、これらは景気浮揚を無上とする向きにはあやかしとしか映らない。ルネッサンスと産業革命は、その描く自由と金銭的魅力で人々を魅了し、宗教的恫喝から解放した。今や人類は、己の生存を保障してくれた生存戦略を軽視し、自然と人間との関係を逆転させてしまったところに異常気象も放射能汚染も起こり得たのではなかろうか。

無知と無得

般若心経は「無」は知ることができず、そこに確実に期待できるものは何もないと断じている。本当にそうなのか？何が起こるか分からない自然の世界に科学的に初めて踏み入り、ある程度確かな成果を得たのはニュートンとラプラスである。いずれも自然の動きを数式でモデル化することに成功している。しかし、ニュートンは、「真理の大海の渚で貝殻を拾って遊んでいる子供のようなもの」という、かの有名な言葉を残して研究の座から降りてしまった。ラプラスは科学の研究が進んだ将来は必ずすべてが正確に予測でき、的確に対処できるようになるという主張を止めなかった。しかし、研究が進んで分子・原子から陽子・電子まで進んできた段階で、電子の運動モデルのどんな予測計算の結果も実測とピタリと一致することがないことが分かってきた。

生物進化の分野でもダーウィンの進化論以来、自然淘汰ですべてが決まるというかなりすっきりした理論ができあがったが、遺伝学の進歩から、進化がすべて適応的ではなく、自然淘汰に中立的なものがむしろ多く、その契機は偶然起こる無方向性の変異であるから決定的なものは何もないという実態も見えてきた。

自然現象は、その本質はアルゴリズムなのだが、その契機は偶然にある。何が起こるか分からないのが自然であり、ラプラスが予期したように初めから決まっているレールの上を進行しているようなものではない。自然は気まぐれであり、本質的には知ることができない。すなわち「無知」である。

それでは「無得」とは何だろうか。野生の生物はその生活資源を自然から得ている。しかし得る量は必要最低限で、それで自然をダメにするということはまずない。全体としてバランスがとれて長く存続するのが自然の生態系である。野生生物はみなそのバランスのなかで生きているのだが、どのようにしてバランスをとっているのだろうか。そこは持って生まれた生存戦略であり、本能としてこなしていると考えるのが至当であろう。

人類もこうしたバランスのなかで長く生存を続けてきたものであるが、そのバランスのとり方はライオンとは異なり、本能よりは思考によって見極めていたと考えられる。しかし、狩猟時代から農耕時代に入ると得られる物質の量は格段に増えたが、収支の真のバランスの見極めは難しくなった。メソポタミア文明もギリシャ文明も豊かな自然を背景とした農業生産に支えられたものだが、やがて滅びて、その後に不毛の荒地を残し、環境自然の全負荷を含めた真の収支は合わなかったことを示している。

こうした収支不均衡は、工業時代に入るとより顕著になる。たとえば電気をつくって売る産業活動において、必要経費は設備費や原料費や人件費として計算できるが、CO_2を排出して自然の生態系サービスを損なう分については金額として評価できず、結局のところ帳簿外に落としてカウントしない。それで売上から経費を引いて利益を出しているが、もし帳簿外の損失を確かな金額として知ることができ、それをまともに加えれば、真の会計はかなり厳しいものとなり、おそらく得はない。すなわち般若心経がいう「無知亦無得」である。

般若心経の教え

「無知亦無得」以降の般若心経の記述は一転して茫漠となる。お釈迦さまの説法には比喩が多かったという。人間の言葉は不完全であり、意味するところを正確に伝えるには無理がある。そこでお釈迦さまは比喩を方便として用いたという。

般若心経はここで「菩薩」と「仏」という超自然的概念を登場させる。菩薩は、おそらく人間一人一人のモデルで、「波羅密」によって心を「無」から切り離す。切り離された「心」は順当に働き、妄想による誤りを引き起こすこともなく、常に「涅槃」を追及する。「仏」は万民を救う存在で、「波羅密」により「阿耨多羅三藐三菩提」の境地に達している。そこでは、「涅槃」は、その当面だけでなく、全体が明確に捉えられているはずである。そうでなければ、万民を救うことなどできない。このように「波羅密」はこのうえなく大きく、正しいことばであるので、さっそくそれを唱えよう、ということでかの有名な「羯諦羯諦・・・・」となる。

わが国に流通している般若心経は、玄奘ないし羅什が古代サンスクリット語を漢語に翻訳したものというが、音訳にとどめたところが多い。お釈迦さまのことば、真言をそのまま残したのである。真言は言葉の定義には乗らない深淵な意味をもつ。そこでは、仏の慈悲を信じて、ただ祈りなさいというのが、どうやら般若心経の教えらしい。

サルは木登りがうまく、シマウマは走るのがはやい。また、ライオンは力が強く敏捷である。生物はみな独特の特技を持ち、それを基礎とした生存戦略によって生きてきた。ヒトは二足歩行が特徴的であるが、二足歩行そのものは生存競争には不向きで、とても特技といえるものではないが、それから派生した手の器用さ、そして大きな頭脳に培われた思考力は特技であり、それを基礎とした生存戦略を持って生きてきた。しかし、思考は本能と違い、ときにブレる。豊かになった農業生産を背景として、チグリス・ユーフラテス両河とペルシャ湾を挟んで最初の交易都市ができた五千年前頃から、そのブレは際限なく大きくなっていった。メソポタミア文明、エジプト文明そしてギリシャ文明と、大きな文明が次々と栄えては消え、その跡地に不毛の荒地を残していった。この成り行きを心配した先覚者のなかには宗教的戒律をもってこれを戒めようとした。しかし、人々は最後の審判の恐怖と経済的繁栄とをはかりにかけ、巨大文明の末路という先例を無視して経済的繁栄を先取りした。その結果が現状で、経済的繁栄は行き詰まり、その結果として、異常気象も、恐らくは大地震や大津波の頻発も現実のものとなっている。原発事故の惨状は、かつて宗教的先覚者たちが予言したとおり、人類の末世が近いことを暗示しているのかも知れない。

ミトコンドリア・イヴは人類初の生存戦略と、その規範となる「心」を持った。その「心」こそ般若心経のいう「心」である。般若心経は、「心」は本来正常に働くものだが、まわりの「無」に幻惑されて曇り、あやかしに乗って一切の不幸を招く。「波羅密」によって本来の「心」を取り戻し、あやかしに乗らず本当の浄土を求めて行こう。それがどうやら般若心経の教えの芯であるように思われる。

あとがき

生物の進化は「飽くなき」という言葉がぴったりなほど弛みがなく、容赦も日和見もない。昔、さる温泉の泉源から溢れた小さな流路に青緑の藻類が繁茂しているのを見たことがある。いっしょにいた先輩が、

「温泉藻類だ。水温は八〇℃はある」

という。よくタンパク変性を起こさないものだと感心した。

「湿熱滅菌は一〇〇℃ではだめで、加圧釜を用いて一二〇℃だ。そうしないと枯草菌は死なない。青酸カリがないと生きられないバクテリアもいる。常識外れと思うが、そう思うわれわれの方が常識外れなんだな」

そういえば創世期の灼熱の地球上にも生物はいた。その生き残りと考えれば世話はない。それにしてもよくもまア今まで生き延びたもんだと感心する。「青酸カリ」はどうだろう。青酸カリは酸素呼吸の要であるチトクローム酵素系を阻害するから、酸素呼吸が進化する前の生物には無害だという。これまた酸素のなかった創世期の地球上ではふつうの話だった筈だ。でも青酸を未熟の種子に蓄え、動物に捕食されないよう生存戦略に利用しているウメやモモなどの植物もある。われわれの腸内にも青酸を分泌する細菌がいて、それで有害な細菌の寄生を抑えているなどという話を聞くと、生物の生存戦略の緻密さ、たくましさに感心してしまう。

他の生物が暮らせないような厳しい環境に、競争を避けてひっそりと暮らす生物もいる。スウェーデンのアビスコでみた小さな匍匐性のカバノキなどだ。それが、シラカバやダケカンバの仲間なのだから、変われば変わるものである。それらを司るＤＮＡというのはまったく欲深く執念深く、そしてたくましい。われわれ人類もそのＤＮＡの変異で生まれ、生存競争という厳しい実地試験を経てこの世にあるのだから、それなりのものは持っているに違いない。他の動物たちは生存戦略を本能でこなしているが、われわれはそれを思考でこなし、その規範としての「心」も持っているとすれば、その「心」のなかにこそ、そうしたたくましさがあるに違いない。「蓄財欲」や「享楽欲」は、そのたくましさの部分的な表れなのかも知れない。そして、それをむき出しにしない、在家五戒やモーゼの十戒などにみる調整能もまた「心」の範疇に属する。その「心」が十分に機能している世界を般若心経は「涅槃」と呼んだのか。

「心」の調整能は個人レベルでは分かり易いが、××会社や○○党、あるいは△△国となると急に分かり難くなる。それにつけ込んで労働搾取を欲しいままにしたのがブルジョアジーで、マルクスの非難を浴びた。英国ではブルジョアは敢えて第二階級に甘んじ、第一階級は貴族や大学教授にゆだねている。ブルジョアジーの自由な展開を保障するためだといわれている。かつて人口過多と封建的圧政に苦しむヨーロッパから新大陸へ脱出した人々は、そこで自由を謳歌し、その自由を守るために本国との間で独立戦争を戦い、アメリカ合衆国を建国した。その建国の精神は「フリーダム」という言葉に表徴されている。九・一一事件の現場で、ブッシュ大統領が「フリーダム」と叫んだのも同じ意味であろう。歴史が示すように、そこに個人レベルの「調整」を持ち込むのはあるいは至難かも知れない。般若心経では、その役割を「菩薩」ではなく「仏」に託しているようにみえる。それはまさに単純な方程式では解けない、俗人の理解を超えた世界である。しかし、あきらめてはいけない。ミトコンドリアイヴの心を受け継いだご先祖様方が立派に十六万年を生き抜いてきた実績を想い、自らよく勉強して、己の識見を高めてかかるべきである。

私が住んでいる福島市では以前から環境放射能をモニタリングしている。それによると、原発事故前は日平均で一時間に〇・〇五μS程度であった。それが、事故後の二〇一一年三月十五日に急に一八μSに跳ね上がった。その主体は原発から来たテルルとヨウ素で、半減期が短いため五月はじめまでにはいずれも消失し、それに伴って環境放射能は急速に低下し、主体は同じく原発由来のセシウムに変わった。そして環境放射能は六月一日には一・四μS、そして年末には〇・九μSになった。この減衰速度は半減期で知られる自然減衰よりはかなり早く、セシウムを吸着した土壌コロイドの洗脱が関係しているとみられる。それでも年末の環境放射能は、国際放射能防護委員会のいう平常値の上限の八倍近くあった。

原発事故が起こって電気も水道も止まり、生活は相当に乱れたが、その後復旧し、ようやく一応の落ち着きを取り戻した頃、ドナルドの姪という女性からメールが入り、「いま西日本にいるが、日本滞在の終わりを叔父に聞いたトシのところ（つまり私のところ）で過ごしたい、行ってもいいか?」という内容だった。結局、「福島市には避難指示は出ていないから来てもいい、日程を知らせよ」と返信した。その後しばらくして「都合によりあれから帰国した、ご配慮に感謝する」というメールが入り、正直ほっとした。ドナルドとも季節のあいさつの交換を恒例にしており、その年のクリスマスにも手紙をもらったが、姪御さんについては何も書いてない。彼らしくないなと思ったけど、彼だけではない、他の青い目の友人たちも原発事故に関しては何も言ってこない。おそらく、下手な慰めもできないし、言い訳も聞きたくないといったところだろうと推測した。阪神大震災ではあんなに心配してくれたのに！まさに私も福島も、国際的疎外のなかにいると感じた。

でも中通りはまだいい。浜通りは、住み慣れた家を追われ、故郷を追われてもう四年以上になる。テレビが人々の声を伝えているが、そのなかに「我々に『夢を語れ』などというな」というのがあった。夢多きが人生である。夢を語りたくないというのは、まさに血の出るような叫びである。どうしてこんなことになってしまったのか、これからどう考えて行けばいいのか、真っ向の答はどこからも返って来ない。

私たち人類は二足歩行で手が自由で器用で、頭が大きく思考力抜群である。そして、思考の規範となる心も持っている。これらを生かして自然淘汰に会うこともなく、誕生以来十六万年を生き抜いてきた。しかし、ここ五千年来、少しおかしい。メソポタミア文明やエジプト文明など、巨大な都市文明が栄えては消え、栄えては消え、その跡に荒れ果てた自然を残している。蓄財欲と享楽欲がむき出しになって生存戦略の要である心を曇らせ、自然を度外視して繁栄をむさぼった結果自然が壊れて、文明もまた消滅せざるを得なかったのだ。そして、現在の地球温暖化も、そして原発事故も、同じ線上にあると思われる。

日本列島の自然は世界一繊細で不安定である。昔の人は自然を相手に働き、故郷の自然をよく理解し、いつくしみ、それに合わせて己の欲望をコントロールしてきた。今の人たちには自然は遠い。そしてご先祖さまたちの心も忘れがちである。自然がらみのややこしい話など学者先生に任せておけばいいという人もいる。そしてまさに、そんななかで原発事故は起きた。やはり、大切なところはあなたまかせにせず、自分で確かめ、自分なりに一定の見識を持つことだ。ふるさとの自然を見つめて祖先伝来の心を再確認する、一般市民のそんな学習活動が大切だと思う。

今を去るおよそ六千年前にスコットランドから氷河が消え、まだ大陸と陸続きであったブリテン島南部でエスキモー的狩猟生活を送っていた人々が、西海岸沿いに北上して、新しく展開したスコットランドの自然のなかに中石器時代の遺跡を残したのは五千年前のこととされる。そして、四千年前には、農耕と放牧を主とした新石器時代が始まる。その放牧地の一隅に、同じ規模の玄室がハーモニカ型に連なる古墳、ケルンを残した。それは、当時の社会が階級制のない原始共産制社会であったことを示唆しているという。生活の基礎となった自然はヒースやヘザーの茂る荒地で、農耕や放牧で得られる生活物資は決して多くはなかったはずである。しかし、そこでは富める者もいない代わりに貧困で生活できない者もいない。そんな平和な社会があったとみられている。

そうした社会は、実は、青銅器時代を経て鉄器時代に入っても基本的には続いていたとみられる。十八世紀の村を描いた精緻な想像図を見たことがある。泥炭の壁に草の屋根の、同じようなつくりの家の間に小さな畑、レージーベッドがあり、それを耕している人がいる。集落の下の小川では女たちが仲良く洗いものをしており、少し離れて、杖を持った老人が石に腰かけてそれを見ている。小川の下流に架かった橋の上で、見回り帰りの壮丁が銃を肩に掛けたまま片手を挙げて声をかけている。向こうの農家は屋根の吹き替え中で、幾人もの人々が忙しく立ち働いている。

この後、独立戦争に敗れたスコットランドは厳しくイングランドの規制を受け、クリアランスの果てにイングランドに移住させられて都市労働者となった者も多く、また、新大陸に移住して自由を謳歌した者も多い。マルクスは、労働を搾取する資本主義は団結した労働者の前についえ去ると予言した。しかし、資本主義の謳歌は今も止む気配はない。新大陸での自由は、その裏に先住民に対する厳しい侵略があり、それは、ついには海を越えた帝国主義的侵略に続き、世界の戦禍は今に至るも止むことを知らない。

一方において、人類の活動は自然の基幹構造を歪め、情け容赦のない環境容量の問題を浮き立たせるに至っている。人類史十六万年のほとんどは、すべての人類の母であるミトコンドリアイヴの心を規範とする生存戦略のもと、自然に直接してまずは平和であった。その人類の、都市化、自然との決別は、五千年前のシュメル文化の黎明と軌を同じくするという。私たちは、今こそ私たち人類に付与された生存戦略の如何を学び直し、その基本となるミトコンドリアイヴの心、本書でいえば般若心経の「心」を自覚し直し、それに基づいて将来を見直して行く必要があると思うことしきりである。

こうした想いの社会的帰結の一つとして、私ども福島県立自然史博物館設立推進協議会のここ十年来の運動がある。最近の陳情書をご紹介して本書の結末としたい。

実は、日本学術会議が提言した国立自然史博物館を福島県にという話があり、名義上私どもの協議会が主催者となって昨年六月に福島市で公開のシンポジウムを開いた。歴史春秋社の阿部社長もはるばる会津から参加された。シンポジウムは多くの協賛意見をいただいて成功裏に終わり、その内容を出版公表するよう阿部社長からのお勧めをいただいた。鋭意準備にかかったが、私の力不足で実現には程遠いままに終わり、代わりといってはあまりに異質だが、CDにして最寄りの知人に配っていた拙稿に手を入れて提出した。世間には到底通じないような話だが、これはこれとして受け入れてくださった阿部社長には感謝の言葉もない。また、鋭意出版に努めてくださった同社のスタッフにも深く感謝申し上げる次第である。

福島県立博物館設置要望書

自然と人間との関係を正常に保つことは人間活動の基本であり、そのための人類の素質として、人類誕生の際に付与された人類独自の生存戦略があります。生存戦略は、他の生物にもそれぞれ固有のものがありますが、他の生物が本能によってそれをこなしているのに対し、人類においてはその多くを思考によって達成するようになっています。正しい思考のためにはそれなりの学習が必要です。それは、かつての農林漁業など自然相手の生活の場では折々になされてきましたが、現今のような基本的には自然を意識しないで済む生活では、特別の制度が必要です。正規のコレクションマネージャーによって収集・管理された実物標本資料を活用し、正規のエジュケーターが郷土自然に関する展示・普及活動を正しく行い、郷土自然との関係を正しく保つべき思考とその規範となる心の醸成を助成することを義務付けられている登録自然史博物館の制度は極めて重要です。

震災と原発事故で郷土を追われ、長く不如意の生活を余儀なくされている方々、放射能汚染の恐怖を常にそら恐ろしく感じながら過ごしておられる方々、また、そうした状況を胸つぶれる思いで見ておられる方々、そのなかには、どうしてこんなことになったのか、またこれからどう出直すべきかという問題を原点に立ち帰って問い直すべきと考えておられる向きは多いと思われます。そうした方々に、郷土自然に関する資料を整備して提供し、その自発的学習を支援してゆくのが自然史博物館です。本県には総合博物館はありますが、自然史に関しては十分とはいえません。本協議会が2003年9月から翌年にかけて行ったアンケート調査では、本県内には40万点を超える現生動植物の標本がありますが、そのほとんどは無理を押しての個人所蔵で、一般利用が不可能な状態にあることが分かりました。また、標本の将来についても、他県の施設に委託するのが精々で、貴重な自然史財でありながら廃棄の運命にあるものが多いことも分かりました。

また、震災と原発事故で郷土の自然は大きく損なわれました。その状況を自然史科学的に十全に把握し回復を図るのは、災害復興の基本的事項に属しますが、そのための調査研究は決して十分とはいえない状況にあります。ここでも登録自然史博物館の有無は重要です。

日本学術会議はその「マスタープラン 2014」において、正規の自然史博物館を持たず、世界的な生物種のホットスポットにありながら、自然史科学の空白地帯を作っている我が国の現状を憂い、国立の自然史博物館を、南方に関連付けて沖縄に一つと、北方とこのたびの震災復興に関連付けて東北に一つ設立すべしとする計画を提案しました。本協議会は、東北は福島県に置くべきと考えております。正規の研究員と技術員を擁し、自然史科学の先端的研究を広くカバーすべき国立自然史博物館は、また、多くの地域博物館のハブとして、連携して活動すべき側面も持っております。このような事情に鑑み、専ら本県に責任を持つ県立自然史博物館の整備は、国立自然史博物館とは別に重要であると考えます。

設立すべき県立自然史博物館の具体的な内容については県が主務者として関わるもので我々が云々すべきものではありませんが、虚飾に走ることなく、質実を旨とすべきと考えております。産業活動の振興と共に自然の環境容量を真剣に顧慮しなければならない現況にあることに鑑み、勇気ある一歩を踏み出されるよう要望します。

引用文献

Greig,D.（1945）A photographic Guid to Tree of Australia.
Tansley,A.G.（1949）The British Islands and their Vegetation.
Price,R.J.（1976）Highland Landforms,Highland and Island Development Board.

著者略歴

樫村　利道（かしむら・としみち）

1931年　茨城県多賀郡黒前村（現日立市）生まれ
1956年　東北大学大学院理学研究科修士課程修了
　　　　東北大学雇（八甲田山植物実験所）
1958年　桜の聖母学院高等学校（福島市）教諭
1959年　福島大学講師（学芸学部）
1964年　同助教授（学芸学部）
1978年　同教授（教育学部）
1997年　退職

福島県文化財保護審議会委員　同尾瀬保護指導委員会委員
同環境影響評価審査会委員　尾瀬国立公園協議会委員
尾瀬保護財団評議員　関東森林管理局緑の回廊設定委員会委員
福島県フォレスト・エコ・ライフ財団理事

私の般若心経

2016年２月２日　第１刷発行

著　者　樫村　利道
発行者　阿部　隆一
発行所　歴史春秋出版株式会社
〒965-0842　福島県会津若松市門田町中野
電話　0242-26-6567
http://www.knpgateway.co.jp/knp/rekishun/
e-mail　rekishun@knpgateway.co.jp

印刷所　北日本印刷株式会社
製本所　株式会社　創本社